Arthur Achleitner

Aus Kroatien

Skizzen und Erzählungen

Arthur Achleitner

Aus Kroatien
Skizzen und Erzählungen

ISBN/EAN: 9783337353902

Hergestellt in Europa, USA, Kanada, Australien, Japan

Cover: Foto ©Andreas Hilbeck / pixelio.de

Weitere Bücher finden Sie auf **www.hansebooks.com**

Aus Kroatien

Skizzen und Erzählungen

von Arthur Achleitner

Leipzig 1920

Inhalt.

Zum Geleit.

Ein Vierteljahrhundert hindurch hatte ich Kopf, Herz, Hand
und — Füße der Schilderung der Alpenwelt und ihrer
Bewohner gewidmet mit dem erfreulichen Erfolg, daß die
deutsche Leserwelt es gewöhnt geworden war, beim Anblick
meines Namens auf Büchern sofort an die — Alpen zu
denken. Freundschaftliche Beziehungen führten dann über
die Grenzen des bisherigen Arbeitsgebietes der deutschen
Berge; es kam zum Studium von Land und Volk der
interessanten Bergslovenen in der südlichen Steiermark; eine
Studienreise durch Dalmatien usw. erweckte den Wunsch,
den Südosten kennen zu lernen. Sehnsucht und noch viel
mehr: Trotz, weil man mich schon in jungen Jahren vor —

2

Kroatien und Slavonien „gewarnt," diese Länder höhnisch als — „Halbasien" bezeichnet hatte.

Der Gewissenhaftigkeit wegen war für die Studienreise durch Dalmatien und Montenegro usw. die kroatische Sprache erlernt worden. Mit der zur Verständigungsmöglichkeit ausreichenden Kenntnis dieses auf heimatlichem Boden verspotteten, aber gar nicht übel klingenden Idioms ausgerüstet, kam es zunächst zu einer Automobilreise durch Kroatien bis zum südlichsten Zipfel dieses in manchen Bezirken märchenschönen Landes, der Küste entlang wieder herauf nach Fiume, worauf der Entschluß zu einem längeren Aufenthalt auf kroatischem Boden gefaßt wurde. Gütige Einladungen seitens des gastfreundlichen Adels führten von Schloß zu Schloß; es begann ein Wandern von einer curia nobilis zur andern, von Dorf zu Dorf mit geschultem Blick für landschaftliche Schönheit und Wildbestand, mit rasch erweiterten Kenntnissen in der Geschichte des Landes, mit der sozusagen Spürnase für echtes Volksleben. Der beste Begleiter war jedoch das — Fundglück.

Die südslavische Gastfreundschaft mutet märchenhaft an; das Schönste an ihr ist für den Forscher und Schriftsteller, daß sie willig gibt, was sie hat: die Chronik des Hauses. Wo das Geschriebene nicht hinreichte, half liebenswürdige Aussprache, das Erzählen alter Familienglieder in Schlössern, Edelsitzen, Dörfern.

Monatelang ein Schöpfen, ein Sammeln fesselnder „Stoffe" mit verjüngender Schaffensfreude.

Als mit der Ausarbeitung begonnen wurde, vernichtete der Krieg alles.

Mittlerweile hat der Federfuchser die Grenze des

3

Greisenalters überschritten. Und Kroatien gehört jetzt nicht mehr zu Ungarn, sondern zur Država S H S, d. h. zum Staate Srbska (serbisch) Hrvatska (kroatisch) Slovenska (slovenisch).

Ob und wie lange die Verbindung dieser bedeutungsvollen drei Buchstaben währen wird, das zu untersuchen, ist nicht meine Aufgabe. „Zärtliche Liebe" hat die drei — nicht vereinigt. Auch das gegenseitige Sprachverständnis ist nicht so innig, als man den Fernstehenden glauben machen will. Es hat das hintere S Mühe, sich mit dem vorderen S zu verständigen, weil der Dialekt ausschlaggebend und zu sehr abweichend ist; das H vergeht das vordere S gut, das hintere aber nur dann, wenn der Slovene nach der Schrift sehr rein spricht. Wobei politisch dem H nicht das vordere, sondern das hintere S sympathischer ist aus Gründen, die in der Vergangenheit wurzeln.

Aus Kroatien haben Briefe den Weg in meine Arbeitsstube gefunden, allen Hindernden zum Trotz. Den Bitten lieber Freunde, wenigstens einen Teil des gesammelten „Stoffes" aus dem Kroatenlande verarbeitet der deutschen Leserwelt zu unterbreiten, komme ich umso lieber nach, als das treue Gedenken Freude bereitete, der Wunsch auf kroatischer Seite, dem Deutschen einen Blick in die alten und neuen Verhältnisse Kroatiens zu gewähren, Beachtung verdient.

Die „Stoffe" sind zu Skizzen und Erzählungen verarbeitet; ehrlich, gewissenhaft, ohne jede „Schönfärberei".

München, im März 1920.

Arthur Achleitner.

Drei Regimentsbefehle.

Im Süden Kroatiens, Lika (d. h. Abgrenzung, Grenzland), herrscht die Melancholie des Karstes. Das Gebiet ist zwar noch begrünt, doch die wenigen schmalen Flußtäler mit Wasserläufen, die plötzlich im Boden verschwinden, unterirdisch weiterlaufen und unvermittelt wieder zutage treten, sind tief eingerissen. Düster und völlig kahl ragen aus diesem Karstlande Felsberge auf, die den Eindruck der Traurigkeit noch steigern. Nur wenige Täler und Mulden, Dolinen genannt, erweisen sich in der Lika als fruchtbringendes Ackerland.

Um die Zeit zu Ende der dreißiger Jahre des vorigen Jahrhunderts mußten die Bauern als Soldaten der Likaner Militärgrenze von den Offizieren geradezu gezwungen werden, den Boden zu bearbeiten, wobei Ackergeräte aus uralter Zeit benutzt wurden. Die Bevölkerung, besonders jene der serbisch-orthodoxen Konfession, verhielt sich trotz Androhung schwerer Strafen gegen jede Verbesserung im Ackerbau ablehnend. Besonders „bockbeinig" zeigten sich die Menschen im Gebiet der stahlblauen Korana, in der Umgebung des Kompagnie-Städtchens S. Mager der Boden, dafür blutgetränkt infolge der vielfachen räuberischen Einfälle der bosnischen Türken. Freudlos die Gegend, öd das Städtchen in türkischer Bauart und mit vielen Mühlen einfachster Art und verfallenen Getreideschuppen aus napoleonischer Zeit. Die märchenhaftblaue Korana prahlt just hier mit hinreißender Schönheit in überraschenden Wasserstürzen; doch kommt dieser Wasserzauber inmitten tiefer Melancholie nur bei hellem Sonnenlichte zur Geltung. Grauer Himmel und Regenschauer verwandeln diese Gegend in eine abschreckende Öde und Wildnis, die auf das Gemüt erschütternd wirkt.

Des schlechten Ertrages aus dem Ackerbau wegen hatten die Offiziere des Likaner Grenzregimentes ihre stetige Not mit der männlichen Bevölkerung der oberen Lika; schön und hochgewachsen waren (und sind heute noch) die Männer, prächtige Gestalten und brauchbare, mutige Soldaten, aber für die Bodenbearbeitung hatten sie keinen Sinn, und nur unter Zwang ließen sie sich, stets je acht Mann, vor einen Pflug spannen, um an Stelle der fehlenden Ochsen die Feldbearbeitung vorzunehmen. Auf Schritt und Tritt mußten den Likanern der Profos und Unteroffiziere folgen.

Zufolge Regimentsbefehles bauten die Kompagnie-Offiziere und Stationskommandanten auf den militäreigenen Grundstücken um jene Zeit Kartoffeln zum Zwecke, die bäuerlichen Grenzsoldaten mit dieser Frucht bekannt zu machen, die Leute zu veranlassen, den Kartoffelanbau in der Lika allgemein einzuführen. Auch die Kompagnie im Städtchen S. hatte im Frühjahre den Regimentsbefehl zugemittelt erhalten, verschärft mit der „gepfefferten" Bemerkung des zu Karlstadt residierenden Obersten K., daß die Offiziere zu S. „alles und mit Beschleunigung aufzubieten haben, den Kartoffelbau erfolgreich einzuführen". Gehorsam hatte der dienstälteste Hauptmann Attilius Tonidandel, ein sehr bärbeißig aussehender, doch gutmütiger und witzig veranlagter Herr, im Küchengarten bei seinem Wohnhause „Krompir" (Grundbirne, Erdapfel) anbauen lassen, im Dienstwege aber schriftlich beim Regimentskommando angefragt, „wie mit Beschleunigung erfolgreich" die Kartoffel bei den Grenzsoldaten „beliebt" gemacht werden solle.

Diese „gehorsamste", in Wahrheit etwas boshafte Anfrage war ohne Antwort geblieben. Deshalb kümmerte sich Hauptmann Tonidandel nicht weiter um den Befehl, noch weniger um die „gepfefferte" Bemerkung des

Regimentskommandanten, und Herr Attilius ließ die
„Krompir" Stauden wachsen, wie sie wollten.

In der Stabskanzlei des todlangweiligen Garnisonstädtchens
„mopste" sich eines melancholischen Herbsttages
Tonidandel wieder ganz erschrecklich, als unerwartet und
sehr aufgeregt sein Freund, der jüngere Hauptmann Adolar
Pegan, ein kleiner, dicker Mann, eintrat, atemringend grüßte
und fürchterlich in einem Gemisch von deutschen und
serbischen Worten über die verdammten Grenzer fluchte.
Und stöhnend erstattete Pegan Kapport, daß in den Ackern
nicht eine einzige Grundbirne vorgefunden werden konnte;
daher der größte Teil der Kompagnie Stockprügel erhalten
habe. Pfeifend und rasselnd holte Pegan, der einen Satthals
hatte, Atem. Herr Attilius Tonidandel blieb ruhig auf dem
zerrissenen Ledersessel sitzen, lachte vergnügt und fragte,
was denn die Teufelskerle mit dem gratis verabreichten
„Kartoffelsamen" getan hatten.

Herr Pegan rief erbost. „Schnaps wollten sie brennen, die
Sramjes
(Schandkerle)! Das ist ihnen aber nicht gelungen!"

„Glaub' ich gern! Kann es den Kerls auch nicht verübeln,
daß sie von ‚Krompir' nichts wissen wollen! Mir persönlich
ist ein knusperig gebratenes Spanferkel allemal lieber als der
schönste Erdapfel!"

Pfeifenden Atems schmetterte Pegan aus dem dicken Halse.
„Aber Befehl ist Befehl! Regimentsbefehl dazu! Und der
Oberst hat zuweilen den Teufel im Leib! Ganz totprügeln
kann ich die Kerle doch nicht lassen! Was aber machen, Herr
Bruder?"

„Ruhig abwarten, Herr Hauptmann und Bruder! Abwarten,
bis es dem Chef beliebt, Antwort auf meine Frage vom Mai

zu geben! Der Oberst hat sich seither Zeit gelassen, also tun wir desgleichen! Nur nichts überhudeln, Herr Bruder! Und nicht aufregen, lieber Pobratim (Wahlbruder)! Darüber, wie unsere Grenzer zu Liebhabern der Erdäpfel gemacht werden können, soll sich nur das Regimentskommando oder Exzellenz, der alles wissende und nie sichtbare General in Agram, den Kopf zerbrechen! Wir tun es nicht in dem öden Nest außerhalb der Welt!"

Ein Posthornsignal wurde hörbar. Die militärische Poststaffette aus
Karlstadt war in S. angekommen, die täglich einmal die Befehle des
Regimentskommandos überbrachte.

Und Tonidandel schickte den Kompagnieschreiber Jovo hinab, den
Postbeutel in Empfang zu nehmen. Dann wandte sich Attilius gelassen zum
Freunde Pegan und bewirtete ihn mit einem Gläschen guten Pflaumenschnapses (Slibowitz).

Pegan dankte und leerte das Glas auf einen Schluck. Und mit seiner fetten Stimme beteuerte er. „Pobratim! Bleibt ewig wahr in Kroatien: ‚Der beste Witz ist der — Slibowitz.' Auf Dein Wohl, Herr Hauptmann!"

„Weiß schon, wie es gemeint ist: repetatur! Ist das einzige lateinische
Wort, das in meinem Gedächtnisse haften geblieben ist! Živio pobratim!
(Hoch Bruder!)" Und Attilius schenkte das Glas abermals voll, mit so
ruhiger Hand, daß kein Tropfen daneben floß.

„Danke, Herr Hauptmann! Ich staune über deine ruhige

Hand. Noch mehr bewundere ich aber deine Gelassenheit. Wo doch die — Wische von der Regimentskanzlei soeben angekommen sind! Sicherlich für uns im ‚Exil' wieder unangenehme Befehle, lästige Aufträge, Rackereien. Er aber, der solus altissimus sitzt bequem in Karlstadt!"

„Still, Bruder! Nicht aufregen über Dinge, die wir nicht ändern können, und für die wir die Verantwortung nicht zu tragen haben. — Noch ein Stamperl (Gläschen) gefällig? Alle guten Dinge sind ihrer drei."

Obwohl der Kompagnieschreiber Jovo die Posttasche hereinbrachte und über ihre „Leibigkeit" etwas disziplinwidrig maulte, ließ sich Tonidandel im Einschenken des dritten Gläschens nicht beirren. Lediglich zu Jovo meinte er. „Maul halten, Schreiber, denn dich hat es nichts zu kümmern, ob die Tasche dick oder mager ist! — Prosit! Du sollst leben, Herr Hauptmann!"

Jovo grinste und zog sich in seine anstoßende Stube zurück.

„So, nun wollen wir sehen, was uns das Regimentskommando mitzuteilen hat. Setz' dich, Bruder, auf daß du nicht hinfallst, so der Herr Oberst teufelt!" Gemächlich nahm Attilius die Schriftstücke heraus, eines nach dem andern, und legte sie auf den wurmstichigen Tisch. Beim Anblick eines Aktenstückes, dessen besonderer Umschlag mit drei roten Kreuzen als „eilig" bezeichnet war, meinte Attilius sarkastisch: „Ah, der Herr Oberst belieben zu pressieren!"

Pegan drängelte auf Bekanntgabe des eiligen Befehles.

„Zeit lassen, Bruder! Nur nicht aufregen, nicht pressieren! Alles Unheil beim Militär kommt vom Überhudeln." Langsam entfaltete Tonidandel das Schriftstück und las es durch.

„Darf ich wissen, Herr Hauptmann?" rief Pegan neugierig und ängstlich.

„Freilich! Also hör' zu! Der gnädige Herr Oberst belieben uns mitzuteilen: ‚Nachdem das Generalat mit Dienstbefehl vom ... angeordnet hat, daß die Grenzsoldaten wenn nötig unter Zwangsanwendung zum Erdäpfelbau angehalten werden sollen, ihnen Kartoffelsamen unentgeltlich verabreicht wurde, sieht sich das Regimentskommando veranlaßt zu befehlen, daß sämtliche Militärstationskommandanten in der Lika den jeweiligen Starešina[1] unauffällig zu einem Erdäpfelessen einladen. Des weiteren erfolgt andurch der Befehl, daß die Herren Offiziere den Grenzsoldaten bezüglich der reifen Erdäpfel Gelegenheit zum Verschaffen geben!' — Unterschrift wie immer unleserlich, uns aber bekannt, lieb und teuer!" Tonidandel lachte trocken und fügte dann die Frage bei, ob der Bruder Pegan den interessanten Regimentsbefehl verstanden habe.

Schon während der Vorlesung des Schriftstückes hatte sich der zappelige Hauptmann Pegan erhoben. Nun stapfte er auf Tonidandel zu und bat um Ausfolgung des Schriftstückes. „Um den rätselhaften Befehl zu verstehen, muß ich ihn schon selber lesen!" Hastig überflog Pegan den Ukas. Dann legte er das Schriftstück auf den wurmstichigen Tisch und stöhnte mit fettiger Stimme: „Daß wir den Starešina mit Krompir bewirten sollen, ist verständlich und auch mir einleuchtend. Leicht durchführbare Sache: Beeinflussung der Gemeindevorsteher durch Gaumenkitzel und Magenfüllung; einer sagt's dem andern, und so kommt's unter d' Leut! — Was ich aber nicht verstehe, ist der dunkle Sinn des zweiten Befehlsteils: Gelegenheit zum Verschaffen geben! Was meint der Oberst mit diesen sonderbaren vier Worten? Mir ein Rätsel!"

Tonidandel reichte dem Freunde Pegan abermals ein Stamperl Slibowitz mit den Worten. „Stärke dich, Bruder, auf daß dein militärisches Gehirn erleuchtet werde! Apropos: Wie lange dienst du schon in der Grenze?"

„Fragen der Herr Kommandant dienstlich?"

„Nein! Privatim und als Freund und Bruder."

„Na, dann wisse! Sechs Jahre diene ich auf — halbasiatischem Boden mit der Sehnsucht nach Rückkehr auf europäischen Grund!"

Sarkastisch meinte Tonidandel. „Sechs Jahre! Hm! Da wundert es mich, daß du neben der Tapferkeit und Rauflust unserer Grenzer den Kern ihres Wesens, ihre Haupteigenschaft außer Dienst noch nicht kennen gelernt hast!"

„Wieso? Was meinst du, Bruder? Worin besteht die Haupteigenschaft der Grenzer?" Neugierig richtete Pegan den Blick auf den Freund und Vorgesetzten.

„Die hervorstechendste Eigenschaft unserer Grenzer werde ich dir nicht nennen! Du sollst sie aus der Praxis kennen lernen, um sie dann für deine Lebenszeit in der Erinnerung zu behalten! Auf Wiedersehen heut' abend präzis sieben Uhr auf meiner Bude! Präzis sieben, ja nicht später! Laut Regimentsbefehl!"

„Schon wieder ein Rätsel? Was ist los? Weshalb forderst du ‚präzises Erscheinen' zu einer Stunde, die doch mit dem Dienst nichts zu tun haben kann?"

„Will ich dir als Dienstgeheimnis anvertrauen! Wir zwei essen punkt sieben Uhr privatim eine gebratene Gans, um dreiviertel acht Uhr aber essen wir dienstlich militärärarische Erdäpfel mit unserem Starešina laut Regimentsbefehl! Verstanden, Herr Bruder?!"

Lachend sicherte Hauptmann Pegan sein pünktliches Erscheinen zum privaten Abendessen zu. Schluckte noch etwas Slibowitz und verabschiedete sich vom Vorgesetzten. —

Kompagniekommandant Tonidandel bewohnte ein kleines, einstöckiges, verwahrlostes Haus im oberen Teile des Städtchens S., bestehend aus drei engen und niederen Zimmern, einer finsteren Küche und einer Vorratskammer. Zu dem Häuschen, daß Attilius spöttisch nach kroatischem Brauch „curia nobilis" nannte, gehörte ein Küchengarten, der sich bergan dehnte, etwas Gemüse und völlig verwilderte Kartoffelstauden enthielt. Vor Jahrzehnten mochten die Wohnzimmer das letztemal weiß getüncht, der Fußboden mit Holz belegt worden sein. Jetzt waren die Dielen vermorscht; in den feuchten Ecken gedieh der Hausschwamm. Doch der Fußboden war nach Brauch und Vorschrift mit weißlichgelbem Sand bestreut, der unter jedem Schritt knirschte. Dem Himmel allein konnte bekannt sein, von wo und von wem die Möbel stammten; der runde, schlecht polierte Tisch, die uralten, mit geschossenem Wollstoff überzogenen Stühle, ein blinder Spiegel in wurmstichigem Holzrahmen, ein gräßlich geschweiftes, mit Stroh gefülltes Sofa und davor ein ausgefranster Teppich.

Im engen Raume, den Tonidandel „Speisesaal" nannte, befand sich das einzige gediegene Möbel des Hauses: ein Auszugtisch. Dazu sechs wackelige Stühle, eine Kredenz mit Gläsern, Geschirr von Steingut und Zinn.

In diesem, von vier Unschlittkerzen „feenhaft" erleuchteten „Saale" erwartete Tonidandel, vor dem „herrschaftlich" mit einem Linnen gedeckten Auszugtische stehend, seinen Gast Pegan. Durch das Häuschen zog der verlockende Duft einer gebratenen Gans.

Als auch Tonidandel diesen Duft in die knotige Nase bekam, öffnete er nicht nur die Fenster des „Speisesaales", sondern auch die Haustüre, um den Bratenduft möglichst rasch entweichen zu lassen.

Bis zur Ankunft Pegans war jeder verräterische Duft verflüchtigt, aber dafür qualmten im Speisezimmer die zu Stumpen herabgebrannten Unschlittkerzen, die der Offiziersdiener schleunigst erneuern mußte.

Kurz fiel die Begrüßung des Gastes aus. Tonidandel verwies auf die
Notwendigkeit einer *späteren* Verabreichung des „Bilikum" (Willkommtrunkes), so der Starešina gekommen sein werde. „Weißt, lieber
Bruder, für uns beide ist jetzt die Hauptsache, daß wir uns mit
Gansbraten satt essen, und zwar *vor* der Ankunft des Bürgermeisters und
vor dem dienstlichen Erdäpfeldiner!"

„Capsico!" rief Hauptmann Pegan mit seiner fetten Stimme. Die knusperig gebratene und von der Köchin gut zerteilte Gans wurde aufgetragen. Der Diener füllte dann die großen, unförmlichen Gläser mit fast schwefelgelbem, doch vorzüglichem kroatischem Weine und verschwand auf einen Wink Tonidandels. So schnell verzehrten die Offiziere die „ärarische" Gans, als stünde in der nächsten Viertelstunde Alarm und Abmarsch des Bataillons bevor. Tonidandel war überhaupt ein Schnellesser und rasch gesättigt; Pegan

13

hingegen gehorchte lediglich dem Drängen des Kameraden, kaute kaum und verschlang die Brocken. Der Diener wurde gerufen und mußte rasch abtragen, hernach lüften und die Kerzen mit der Scheere putzen.

„Hinaus!" befahl der Gebieter, der nun die vorhanglosen Fenster schloß.

„Ich muß sagen, lieber Bruder, daß mir dieses Essen im Eilmarschtempo wahrscheinlich nicht gut bekommen wird!"

„Weiß schon, worauf du anspielst! Mußt aber auf den — Slibowitz warten!
Nimm einen kräftigen Schluck vom Weine! Und behalte im Gedächtnis. Kein
Ton darf verraten werden, daß wir soeben auf Regimentsunkosten eine Gans
verzehrt haben!"

„Sehr wohl, Herr Chef! Die Sache wird immer mysteriöser!"

„Im Laufe des Abends wird dir alles klar werden!"

Auf die Minute genau erschien der Starešina im Hause. Ein hochgewachsener Likaner, breitschulterig, helläugig, gutmütig. Wenn die blonden Haare nicht überlang gewesen wären, hätte man diesen Südslaven für einen Deutschen halten können. Unbegrenzten Respekt vor der Militärmacht verriet sein unterwürfiges, demütiges Verhalten. Der Vorsteher, seines Zeichens ein Schmiedmeister, faßte die ihm gewordene Einladung nicht als besondere Ehre und Auszeichnung auf; er schien zu glauben, daß er befohlen war, zu ungewöhnlicher Stunde einen außerordentlichen und unangenehmen Befehl des Stadtkommandanten entgegenzunehmen. Ängstlich begrüßte er die Offiziere; unterwürfig fragte er in schlecht verständlichem Deutsch nach den Befehlen und Wünschen des Herrn Kommandanten.

Tonidandel beruhigte den Vorsteher sogleich mit dem Hinweise, daß es sich tatsächlich um eine Einladung, nicht um eine militärdienstliche Angelegenheit handle. „Ich feiere nämlich heute meinen Namenstag und will an meinem freilich mager bestellten Tische liebe Gäste haben! Meinen Freund und Kameraden Herrn Hauptmann Pegan und den Starešina!"

Der Vorsteher richtete sich überrascht auf und warf einen forschenden Blick auf den Gebieter. „Zu viel der hohen Ehre! Ich nicht wissen, gnädiger Herr, wie ich komme dazu!" Mit überschwenglicher Höflichkeit stammelte der Schmiedmeister seine Glückwünsche zum Namensfeste, wobei er beteuerte, bis zur Stunde nicht gewußt zu haben, daß der Herr Kommandant den Taufnamen „Raphael" führe.

Hauptmann Pegan platzte heraus. „Hab' ich auch nicht gewußt!"

„Das ist nebensächlich! Nun wollen wir dem Starešina das ‚Bilikum' reichen!" Tonidandel füllte einen Pokal mit Wein, hielt eine kleine Ansprache an den Gast, der sich so wohl fühlen möge im Hause wie im eigenen Heim, und reichte dann dem Pokal dem Vorsteher, der aufrecht stehend den Willkommspruch angehört hatte, sich nun verbeugte, den Pokal entgegennahm, einen Segensspruch für den Hausherrn feierlich sprach und den Pokal auf einen Zug leerte.

Die Offiziere leerten ihre gefüllten Gläser gleichfalls bis zur Nagelprobe.

„Und nun zu Tisch!"

Während die Herren sich setzten, trug der Diener eine

15

Schüssel voll
Kartoffeln herein.

Trotz der großen Befangenheit richtete der Likaner einen
neugierigen und forschenden Blick auf den Inhalt der
Schüssel. Und dabei rutschte ihm die Frage heraus: „Što je
to?" (Was ist das?) Tonidandel füllte den Teller des
Vorstehers mit Kartoffeln und sprach schmunzelnd. „Erst
essen! Die Erklärung wird alsbald folgen! Greif zu, Herr
Hauptmann!"

Die Offiziere nahmen aus der Schüssel, doch nur je eine
Kartoffel und aßen mit gut geheuchelten Appetit.

Zögernd griff der Starešina zu, beguckte das ihm fremde
Gericht, stocherte daran und schnupperte vorsichtig. Da er
sah' daß die Offiziere das seltsame Zeug wirklich verzehrten,
gewann der Vorgesteher doch so viel Vertrauen, ein Stück
davon in den breiten Mund zu schieben.

„Was wir da essen, sind Erdäpfel, Krompir, lieber Starešina!
Erdäpfel, was wachsen in unserem Küchengarten! Wirklich
Erdäpfel, die aber die Graničari[2] nicht essen wollen!"

Der Vorsteher hatte rasend schnell eine zweite Kartoffel
gegessen und rief geradezu frohlockend. „To je guska! Das
ist Gans! Schmecken nach Gansbraten sehr gut! Prozim!
(Ich bitte!) Darf ich noch mehr davon essen?"

Der Kommandant erwiderte lachend. „Nur zu! Alles dürfen
Sie essen! Bis
Ihnen die Ohren stauben! Der Starešina soll sich ja
überzeugen, daß die
Erdäpfel wirklich sehr gut schmecken!

Für die Lika mit ihrer häufigen Hungersnot wird es ein
Segen sein, wenn der Anbau der ausgezeichneten Erdäpfel

16

allgemein durchgeführt wird!"

Gierig verzehrte der Vorsteher die Kartoffeln. Schmatzend wie ein Fischotter beim Fischfraß. Dann aber hielt er inne und sprach. „Bitt ich schönstens, Herr Kapetan! Seltsam find' ich, daß schmecken dieser Erdapfel so stark nach Gans! Wahrhaftig wie gebratene Gans! Schmecken jeder Erdapfel so?!"

Dem Hauptmann Pegan ging ein Licht auf; ein Lächeln umspielte seine
Lippen.

Völlig ernsthaft und im Tone der Belehrung erwiderte der Kommandant: „Es gibt drei verschiedene Sorten von Erdäpfeln, lieber Starešina! Eine Sorte heißt ‚Schneeflocken', weil dieser Erdapfel weiß und mehlig ist wie Schnee! Eine andere Sorte heißt ‚Rosenkartoffel' von wegen der rosaroten Farbe! Was Sie eben gegessen haben, ist der ‚Gänse-Erdapfel', weil er nach Gänsebraten schmeckt! Ganz so, wie es in Deutschland einen — Gänsekohl gibt!"

„Wunder Gottes!" rief staunend der Vorsteher. „Das sein prachtvoll!
Schmecken herrlich! Der Banus in Agram und der Zar (Kaiser) in Wien
können nicht Besseres essen! Und der Ganserdapfel machen so prachtvolle
Durst!"

Während sich Hauptmann Pegan vor Lachen krümmte, versicherte Tonidandel schmunzelnd: „Das ist ja das Schönste an einem Erdapfel! Und den von ihm erzeugten Durst wollen wir nun löschen mit Wein! Trinken wir auf das Wohl des Chefs unseres Likaner Grenzregiments, der zum Segen des Graničari die Erdäpfel bei uns einführen will!

Der Herr Oberst lebe hoch!"

„Živio!" rief der Vorsteher, der sich gleich den Offizieren erhoben hatte.

Die Gläser klangen und wurden geleert.

„Nie in meinem Leben haben mir der Wein so gut geschmeckt wie heute auf den Gans-Erdapfel! Herr Kommandant wissen ja, wie selten unsereiner zu wirklichem Gansbraten kommen! Aber nun werden wir bekommen guten Ersatz für wirkliche Gans durch Erdapfel, was auch so nach Gans schmecken!" Hoch und heilig gelobte der Vorsteher, all seinen Einfluß im Städtchen und bei den Dorfältesten des Bezirkes aufzubieten, um den Leuten diese Wundergabe, den nach Gansbraten schmeckenden Erdapfel, zugänglich zu machen. Im nächsten Frühjahre werde sicherlich in der Lika alles diese Erdapfelsorte anbauen, vorausgesetzt, daß man Samen und Knollen davon vom Regiment erhalte.

„Soviel die Leute wollen, sollen sie bekommen!"

„Tausend Dank, Gnaden Herr Kommandant! Ich werde predigen davon, wie gut, sehr gut sein besonders der Gans-Erdapfel! Ich sein überzeugt, daß ganze Bevölkerung sich bemühen wird, diese Erdapfel sich zu — verschaffen!" Ein listiger und zugleich fragender Blick streifte den Hausherrn.

Tonidandel verriet in keiner Weise, daß er die Bedeutung dieses Likaner
Ausdrucks kannte. Absichtlich ignorierte er die listige Anspielung des
Vorstehers, der auf den Busch hatte klopfen wollen.

Auf „Regimentsunkosten" wurden noch etliche Krüge Weines geleert. Bevor aber der glückselige Vorsteher den

Zungenschlag bekam, hob der Hausherr die Sitzung mit dem Bedeuten auf, daß frühmorgens die Kompagnie ausrücken müßte, daher die Nachtruhe erwünscht sei.

„Schon in aller Frühe rücken Herr Kapetan aus?" fragte blinzelnd der
Vorsteher beim Abschied.

„Ich nicht! Aber die Kompagnie! Und nun ‚Gute Nacht', lieber Starešina!"

Mit einiger Mühe brachte der Kommandant den schwatzhaft und überschwenglich gewordenen Gast zur Haustüre und auf den Heimweg.

Im Speisezimmer bei trübem Licht der Kerzenstumpen fragte Pegan den
Vorgesetzten, ob die Kompagnie wirklich in aller Frühe ausrücken müsse.

„Aber keine Idee, lieber Bruder! Ich habe das nur gesagt, um den
Vorsteher und meine Erdäpfel los zu werden!" rief lachend der Hausherr.

„Was! Die Erdäpfel willst du los werden? Wieso denn?"

„Ja! Es wird keine Stunde währen und im Küchengarten wird dann kein
Erdapfel mehr zu finden sein!"

„Nicht möglich! Du mußt Wachen aufhellen, den Diebstahl verhindern!"

„O nein, lieber Bruder! Im Gegenteil! Es wird mich sehr freuen, wenn
sich unsere Graničari, allen voran der Starešina, in dieser

Nacht meine

Erdäpfel — ‚verschaffen'! Du mußt nämlich wissen, lieber Bruder, daß der

Grenzer niemals stiehlt; er ‚verschafft sich' nur eine ihm nicht eigene

Sache! Und da im Regimentsbefehl deutlich zu lesen ist, daß wir den

Graničari ‚Gelegenheit zum — Verschaffen' geben sollen, rühre ich

ordergemäß keinen Finger, so unsere Grenzer sich heute nacht sämtliche

Erdäpfel aus meinem Küchengarten holen!"

„Ah! Jetzt verstehe ich alles! Die Erdäpfel hast du mit der Gans braten lassen, damit...."

„Stimmt! Und jetzt verlöschen wir das Licht; im Dunkel der Nacht wollen wir vom rückwärtigen Zimmer aus beobachten, wie sich die Graničari die Gänsekartoffeln holen!"

So geschah es.

Am Morgen stellte Kommandant Tonidandel in Gegenwart des Hauptmanns Pegan dienstlich fest, daß im Küchengarten nicht eine Kartoffel mehr zu finden war. Diese „Konstatierung" erfolgte zum Zwecke, daß dienstlich an das Regimentskommando der — Vollzug des Befehles gemeldet werden konnte. Pegan unterschrieb das Dienstschreiben als Zeuge.

Tonidandels Hoffnung, mit einem Erdäpfel-Befehl so bald nicht mehr belästigt zu werden, erfüllte sich vollauf; denn der Regimentschef schien sich zu beruhigen mit der Vollzugsmeldung. Und die Grenzer wollten von den Kartoffeln nichts wissen, weil die „verschafften" Erdäpfel

aus dem Kompagnie-Küchengarten nicht nach —
Gänsebraten schmeckten.

Und bei den Graničari galt es fürder ausgemacht, daß der
Starešina ein „großer Lügner" sei....

* * * * *

So zurückgezogen, gesellschaftlich abgeschlossen
Kommandant Tonidandel im Städtchen lebte, ab und zu
besuchte er doch den Prota (Erzpriester der griechisch-
orthodoxen Gemeinde), einen ehrwürdigen Greis mit
schneeweißem Bart und langem Silberhaar, im Pfarrhause.
Sowohl der ruhige Prota wie seine Gattin, die stille Poša
(Poscha), besonders aber die liebliche Tochter Maca (Matza,
Marie) waren dem bärbeißigen Kompagniekommandanten
überaus sympathisch. Tonidandel fühlte sich wohl bei dieser
Familie, zumal ihm der Prota, der, wie alle Stände in der
Militärgrenze, unter dem Militärgesetz und der
Militärverwaltung stand, nie Unannehmlichkeiten, Verdruß
oder Scherereien verursacht hatte. Gelegentlich vom Prota
geäußerte Worte über die drückende Militärdidaktur, über
den Despotismus des Regimentschefs nahm Tonidandel
umso weniger übel, als der Kompagniekommandant doch
selbst seine eigene, nicht gerade rosige Meinung über den
gewalttätigen Chef hatte.

So saß denn Tonidandel etliche Tage später an einem Abend
im kahlen, doch behaglich erwärmten Wohnzimmer des
Pfarrhauses und kneipte mit dem Prota vom Weine, den der
Kommandant vorher ins Haus gesandt hatte. Der
Erzpriester mit kümmerlichem Einkommen war so arm, daß
er den hohen Gast nicht hätte entsprechend bewirten
können. Deshalb schickte Tonidandel mit der Besuchsansage
stets Wein, Slibowitz, zuweilen auch kalten Aufschnitt ins
Pfarrhaus.

21

So auch diesmal. Und wie die Herren nach der Begrüßung der Damen gemütlich beisammen saßen, erzählte Tonidandel vergnügt die Geschichte von den Gänsekartoffeln, und zugleich sprach er die Hoffnung aus, für die Dauer seiner Dienstzeit mit „Erdäpfel-Befehlen" verschont zu bleiben.

Der ehrwürdige Prota wagte kaum ein Lächeln. Würdevoll schloß er sich der Hoffnung des Kommandanten an und leerte auf die Erfüllung des Wunsches Tonidandels sein Glas.

„Ist recht so, lieber Prota! Ich hoffe aber noch mehr, nämlich die endliche Berufung unter Vorrückung nach — Europa!"

„Bog daj!"[3] rief der Erzpriester und hob die Augen zur geschwärzten Decke. Und nachdem er die Unschlittkerze geputzt hatte, wagte er die sanft vorgebrachte Bemerkung, daß sich bei bescheidenen Ansprüchen doch auch in der weltentlegenen Lika leben lasse. „Besser freilich vielleicht im Provinzial!"[4]

„Glaub' Er das nicht, lieber Prota!" erwiderte eifrig der Kommandant. „In mancher Beziehung sind die Zustände bei uns in der Grenze sogar besser! Wir haben doch nicht die Rechtsbeugungen der adeligen Gutsbesitzer, nicht die Willkürherrschaft der autonomen Komitate, nicht die Gier und Leidenschaft politischer Hitzköpfe im Provinzial!"

Milde sprach der Erzpriester im Silberhaar. „Das nicht, gnädiger Herr!
Aber dafür den Despotismus des
Regimentskommandanten!"

„Das muß man als etwas Selbstverständliches hinnehmen! Das Volk der Grenze so gut wie wir Offiziere! Übrigens haben wir in der Grenze immer noch mehr Rechtssicherheit als das Provinzial!"

Ergebungsvoll stimmte der Prota zu. „Euer Herrlichkeit
belieben recht zu haben! Nur dürfte die Härte des
Militärgesetzes nicht zu bestreiten sein."

„Warum ‚Härte'?"

„Halten zu Gnaden, Herr Kommandant! Hart ist es für uns
Serbokroaten, weil die Auditore (Militärrichter) Fremde
sind, unsere Sprache nicht verstehen, auf Dolmetscher
angewiesen sind, die zwar Kroatisch gut, Deutsch hingegen
nur ungenügend können! Ich meine, daß die beiderseitige
Sprachunkenntnis gefährliche Folgen für Leben, Freiheit
und Eigentum der Angeklagten hat und noch haben wird!"

„Hm! Ist ja richtig, aber wir zwei können das nicht ändern!
Na zdravje!"[5]

Demütig dankte der Prota für diese Ehre. Und mit bebender
Hand führte er sein Glas zum Munde.

„Recht so, lieber Prota! Muß sagen, daß ich recht zufrieden
mit Ihm bin! Der einzige Pope im ganzen Bezirk, der mir
noch keinen Verdruß bereitet hat!"

„Ich danke gehorsamst für diese Anerkennung! Dennoch
zittere ich schier jeglichen Tag, daß doch einmal Unheil über
mich kommen werde...."

„Warum? Hat Er denn von früher her etwas auf dem
Kerbholz?"

„Nicht schlimm, Euer Herrlichkeit aufzuwarten! Nur einen
üblen Auftritt hat es vor Jahren gegeben, als wir zur
Vorstellung vor dem damaligen neuen
Regimentskommandanten, einem Deutschen, nach Otočac
(Ototschatz) befohlen waren und vom Militärchef bös
angefahren wurden, daß wir Erzpriester Feinde des Kaisers

und Österreichs seien...."

„Wieso?"

„Der Oberst warf uns vor, daß wir in unseren Kirchenbüchern für den Zar von Rußland beten, nicht für den Kaiser von Österreich!"

Interessiert rief Tonidandel. „Was? Ist das wahr?"

„Ja und nein, Euer Herrlichkeit aufzuwarten! Die Erklärung ist leicht zu geben! Unsere Kirchenbücher müssen in — Rußland gedruckt werden, weil die österreichische Regierung nicht erlaubt, daß unsere orthodoxen Bücher in Österreich gedruckt werden! So ist es denn ganz erklärlich, daß in den in Rußland gedruckten Büchern der Name des dortigen Landesherrn steht. Selbstverbindlich beten wir aber für den Kaiser von Österreich, für unseren Landesherrn!"

„Weiter!"

„Jener Oberst steifte sich aber darauf, daß es in den Büchern ‚Zar', nicht ‚Kaiser' heißt! Ich als Sprecher der Erzpriester habe den gestrengen Kommandanten aufmerksam gemacht, daß man in der slavischen Sprache das Wort ‚Kaiser' nicht kennt, nicht anders nennen kann als ‚Zar'! Zar ist gleichbedeutend mit Kaiser! Zum Schluß der denkwürdigen Audienz hatte ich gebeten, es möge der Oberst bewirken, daß unsere Kirchenbücher in Österreich gedruckt werden dürfen; dann werde sicher der Name unseres österreichischen Zaren = Kaisers gedruckt werden!"

„Was geschah dann?"

„Wir wurden ziemlich ungnädig entlassen! Der Oberst schien nicht recht zu glauben, was ich ihm sagte! Und seither befürchte ich immer, daß man mir meinen Freimut verübeln, mich hinterdrein bestrafen, um meine so kärgliche Stelle bringen werde!"

„Mut, lieber Alter! Jener Oberst ist längst nach — Europa versetzt, also hat es für den Prota von S. keine Gefahr! Und selbst im Falle, daß sich unser gestrenger Chef um diese verjährte Geschichte unerwarteterweise kümmern sollte, werde ich für den Prota schon einzutreten wissen! Jawohl! Prosit!"

Erfreut, von dieser alten Sorge befreit, griff der alte Erzpriester zum Glase, dankte für die Zusicherung des Wohlwollens und der Unterstützung und leerte das Glas auf das Wohl des gnädigen Kompagniekommandanten.

Spät wurde es an diesem Abend, bis Tonidandel sich verabschiedete und sporenklirrend seiner Behausung zustapfte.

In der Kompagniekanzlei erschien der Kommandant am andern Tag erst zur
Stunde, da die Militärstaffette die Post von Karlstadt brachte.

Mit einigem „Haarweh" behaftet, sah Tonidandel den Einlauf durch, langsam, ohne Interesse, verdrossen. Stutzig wurde er, als er einen neuen Befehl des Regimentskommandos in Händen hielt, ein Dienstschreiben an alle Militärstationen des Likaner Bezirks mit dem Wortlaute. „Sollten sich bei den Militärstationen alte *Pfaffen* vorfinden, sind diese, wohlverwahrt im Verschlag, dem Regimentskommando unverweilt abzuliefern." Die unleserliche, doch wohlbekannte Unterschrift des Chefs stand unter diesem verblüffenden Befehl.

Zweimal las Tonidandel dieses Schriftstück sehr

aufmerksam. Dann pfiff
er durch die Zähne. Wie weggeblasen war nun das
„Haarweh". Und in seinen
Augen glänzte eine seltsame Freude. Wie Donnerrollen
klang der Ruf:
„Jovo, hereinkommen!"

Der Kompagnieschreiber Jovo erschien, erwies stramm die
Ehrenbezeugung.
„Zu Befehl, Herr Kommandant!"

„Da! Vorlesen diesen Regimentsbefehl!"

Jovo nahm gehorsamst dieses Schriftstück und las es mit
geschraubter Stimme laut vor. Beim Worte: „Pfaffen" stockte
er, las es zweimal und hielt verblüfft inne. Seine Augen
waren groß wie Pflugräder geworden. Und der Mund stand
so weit offen, daß ein Leiterwagen hätte hineinfahren
können.

„Noch einmal vorlesen das Wort!" donnerte der
Kommmandant.

Gehorsam las Jovo: „Alte Pfaffen vorfinden!"

„Gut! Du bestätigst also, daß ‚Pfaffen' geschrieben und zu
lesen ist!"

„Zu Befehl, Herr Kommandant, ja! Es steht deutlich
geschrieben:
Pfaffen!"

„Gut! Geh in das Pfarrhaus und hole den Prota! Das ist der
einzige alte
Pfaffe[6], den wir hier haben! Abtreten!"

Eine Viertelstunde später stand der ehrwürdige Greis vor

dem
Kompagniekommandanten. Verschüchtert, demütig,
zitternd.

Herr Tonidandel bedauerte die Belästigung des alten
Erzpriesters und machte den Prota mit dem Inhalt des
überraschenden Regimentsbefehles bekannt. Dabei hatte der
Kommandant ein Wetterleuchten in den Augen. Und seine
Lippen umzuckte ein Lächeln vergnüglichsten Spottes,
unverfälschter Schadenfreude.

Bebenden Tones erklärte sich der Prota bereit, sofort nach
Karlstadt zu gehen trotz der alten steifen Beine und des
weiten Weges und sich beim Regimentskommandanten auf
Grund des Befehles gehorsamst zu melden. „Ich bitte Euer
Herrlichkeit nur um eine Abschrift des Befehles zu meiner
Legitimation bei der Vorstellung!"

„Aber nein, lieber Prota! Das ist unmöglich! Tut mir sehr
leid! Befehl ist Befehl! Jeder Befehl muß befolgt werden,
buchstäblich und gehorsamst befolgt! Demnach muß ich
eine Kiste beschaffen lassen, einen Verschlag, wie es im
Dienstschreiben heißt! In diesem Verschlag muß der Prota
von S. dem Regimentskommando eingeliefert werden! Laut
Befehl!"

„Bog, bog!"[7] jammerte der Erzpriester beweglich und rang
die Hände.

„Nur ruhig, lieber Prota! Ich bin kein Freund von
Grausamkeiten, hasse jede Brutalität! Demnach verfüge ich,
daß der Prota bis eine Viertelstunde des Weges vor Karlstadt
inmitten des Militärpiketts auf dem Wagen fährt, dort aber
in die Kiste kriecht und im befohlenen ‚Verschlag' nach
Karlstadt in die Regimentskanzlei gebracht wird! Halte Er
sich bereit! In einer Stunde geht der militärische Transport

27

ab! Pelz mitnehmen, Prota, denn es ist verdammt frisch!
Wünsche wohl zu speisen!"

Der alte Erzpriester hatte eine Träne im Auge und bittere
Angst im Herzen, als er die Kanzlei verließ und zum
Pfarrhause wankte. Jovo mußte den merkwürdigen Befehl
abschreiben, worauf der Kommandant die Kopie verglich
und den Wortlaut mit Unterschrift und Dienstsiegel
beglaubigte. Die Abschrift erhielt der Transportführer
eingehändigt behufs Legitimierung dieses —
Pfaffentransportes. Dazu scharfe Befehle betreffend
schonendster Behandlung des Prota, der erst kurz vor
Karlstadt in die Kiste einzuschließen sei.

Auch dieser Unteroffizier, ein Graničar aus der Korbava,
machte ein höchst verblüfftes Gesicht und große Augen. Der
Mund stand weit offen.

Mit einer Bedeckung von sechs Mann Grenzsoldaten in
voller Wehr, mit scharfen Patronen und „aufgepflanztem
Bajonett", in der Mitte der zweispännige Wagen mit dem
Prota und der Kiste, ging unter Führung des Korporals der
seltsame Transport ab.

Im Städtchen S. zerbrach man sich die Köpfe darüber.

Tonidandel rieb sich in seiner curia nobilis sehr vergnügt
die Hände.
Den armen Prota als Opfer hoffte er später entschädigen zu
können. Dem
Regimentschef aber gönnte Attilius den unausbleiblichen
Ärger von ganzem
Herzen.

Behaglich speiste der Kommandant zu Mittag, schlief auch
noch ein

Stündchen. Dann aber erteilte er Befehl, daß morgen ab acht Uhr früh ein
berittenes Pikett marschbereit zu sein habe, und zwar zu seiner
Begleitung auf dem Ritt nach Karlstadt. Denn Attilius ahnte etwas....

Noch vor Tagesbeginn bei dichtestem Karstnebel traf auf dampfendem Pferde ein Meldereiter in S. ein, der dem Kompagniechef einen Befehl überbringen sollte. Tonidandels Diener ließ aber auftragsgemäß den erwarteten Meldereiter nicht vor und verwies ihn in den Stall mit dem Bedeuten, daß der Befehl erst um acht Uhr überreicht werden dürfe.

Lautete doch Tonidandels Leibspruch. Nur nichts überhudeln beim Militär.

Punkt acht Uhr ritt der Kommandant wohlbewaffnet mit Sattelpistolen und mit dem Regimentsbefehl betreffend Ablieferung des alten Pfaffen im Waffenrocke, begleitet von sechs berittenen Graničaren nach Karlstadt ab. Gemächlich und trotz des Karstnebels recht vergnügt. Zeitweilig im Trabe, meist aber im Schritt! Nur nichts überhudeln!

Wütend zum Bersten wartete der Oberst K., ein graubärtiger, dicker Herr mit struppigen Haaren und sehr liebebedürftigem Herzen, auf den Kompagniekommandanten, über den sich ein militärisches Gewitter sondergleichen entladen sollte. Wegen Verhöhnung des Vorgesetzten!

Tonidandel wurde „angehaucht und zusammengestaucht," daß die Fenster in der Regimentskanzlei klirrten. Attilius stand wie aus Erz gegossen, muckste nicht und ließ den Regimentschef nach Herzenslust wettern, schimpfen, fluchen und drohen.

Bis der Oberst keinen Atem mehr hatte, nach Luft rang und stöhnte.

Dann sprach Tonidandel. „Zu Befehl, Herr Oberst! Befehl ist Befehl! Hier ist der mir zugegangene Regimentsbefehl! Ich bitte gehorsamst, das Originalschriftstück lesen zu wollen!"

Knirschend vor Wut griff der Oberst nach dem Dienstschreiben und las es zornfunkelnden Auges. Und heiseren Tones stieß er hervor: „Allerdings! Es steht ‚Pfaffen‘ geschrieben! Herr Hauptmann hätten aber doch unschwer den — Schreibfehler erkennen können und sollen! Statt ‚Pfaffen‘ muß es heißen: *Waffen!* Wo bleibt die Intelligenz? Wo das höhere Erfassen? Den Kerl von Regimentsschreiber laß ich in Eisen legen! Ich danke, Herr Hauptmann!"

„Zu Befehl, Herr Oberst!" sprach Tonidandel, salutierte stramm und schloß dabei die vergnügt lachenden Augen.

„Danke! Werde das nicht vergessen! Auch nicht den Auflauf der
Bevölkerung in Karlstadt bei Einlieferung des Prota in einer — Kiste!
Schauderhaft! Eine Blamage für mich, die ich Ihnen zu verdanken habe!"

„Bedaure sehr, Herr Oberst! Befehl ist Befehl! Ich bin seit vierzig
Jahren gewohnt, Befehle genau nach Vorschrift zu befolgen! Ich bin...."

„Des Teufels sind Sie, Herr! Danke, Herr Hauptmann!"

Tonidandel verbiß das Lachen und griff nach der Türklinke. Da trat der zornige Oberst an Tonidandel heran und zischte ihm ins Ohr: „Und was ich Ihnen nie vergeben werde, ist, daß ich das arme Opfer Ihrer Bosheit entschädigen mußte!

Mit hundert Gulden! Scheußlich!"

„Das freut mich...."

„Was? Auch das noch!"

„... für den Prota, der ein bettelarmer Mann ist und die hundert Gulden als Wohltat empfanden wird! Ich werde ihm fünfzig Gulden schenken! Gehorsamst guten Tag, Herr Oberst!" Damit drückte sich Tonidandel zur Tür hinaus und lachte ein stilles, beseligendes, göttliches Lachen der reinsten Schadenfreude....

Auf die Rache des Regimentschefs, der mit der Sendung des „Pfaffen in der Kiste" so schön verulkt worden war, harrte Attilius Tonidandel gleich nach seiner Ankunft in S. Aber der erwartete Gegenstreich erfolgte nicht. Sogar die Regimentsbefehle blieben aus. Diese Tatsache bestärkte Tonidandels Überzeugung, daß sich die Institution der Militärgrenze bereits überlebt habe und reif zur Aufhebung geworden sei. Mit dieser Auffassung eilte der Kommandant, was er nicht wissen konnte, den Ereignissen um reichlich vierzig Jahre voraus.

Tag für Tag brachte die Militärpost von Karlstadt die leere Tasche aus der Regimentskanzlei. Darob wurde Hauptmann Tonidandel nun doch stutzig und nachdenklich. Und je mehr er grübelte, desto mehr kräftigte sich die Überzeugung, daß der reingelegte Oberst diese stille Zeit zur Ausbrütung eines besonderen Rachesplanes benützen werde.

Furcht kannte Tonidandel als alter „Haudegen" nicht; er war bereit, jeden Stoß des ihm aufsässigen Chefs kräftig aufzufangen und tüchtig zu erwidern. Umkehren den Spieß im richtigen Augenblick und zustoßen, auf daß der Oberst abermals in den Sand fliegt. Mißlich konnte die „Vergeltung" des Chefs nur dann werden, wenn sie in die Winterszeit fallen würde. Den schrecklichen Winter in der Lika mit fürchterlichen Stürmen und ungeheurem Schneefall kannte der Kommandant seit Jahren und genauer, als ihm lieb war.

Eines trüben Tages, da schüchterne Schneeflocken zaghaft in die blaugraue Korana fielen, brachte die Militärpost endlich einen Regimentsbefehl aus Karlstadt an den Kommandanten der Kompagnie. In größter Spannung las Tonidandel sehr aufmerksam das Dienstschreiben Wort für Wort, lauernd wie ein Luchs, erwartungsvoll wie nie im Dienstleben an der Militärgrenze. Doch nichts von „Revanche" war zu finden, keine „Falle" zu entdecken. Nicht einmal ein Schreibfehler ähnlich Pfaffen = Waffen.

Geradezu harmlos war der Auftrag, einen Dorfpopen im Bezirke wegen ungenügender Führung der Tauf-, Ehe- und Sterberegister zur Verantwortung zu ziehen, Ordnung zu schaffen und über das Ergebnis der Untersuchung sowie Strafantrag an das Regimentskommando erschöpfend zu berichten. Der zweite Teil des Dienstschreibens enthielt den Befehl zur Aufstellung von Detachements in mehreren, eigens benannten Dörfern, von sogenannten Räuberkommandos zur Unterdrückung von Räubereien.

Diesen Befehl las Tonidandel immer wieder, wobei er sich an den Kopf griff. Der Zweck dieses Befehles war unfaßlich, denn seit Jahrzehnten gab es in der Lika keine Räuber mehr; Leute, auch Graničari, die „sich etwas verschaffen" bei guter Gelegenheit, genug, aber keine Räuber. Sinn und Zweck soll aber ein Befehl haben!

Tonidandel fragte sich, ob in diesem Teile des Befehls vielleicht die „Revanche" stecke, ob in der Aufstellung von Räuberkommandos die Rache des Regimentschefs zu suchen sei. Nichts war zu entdecken, der Befehl im ersten Teile

32

harmlos, in der anderen Hälfte unsinnig und zwecklos, da
es keine Räuber gab. „Aber Befehl ist Befehl!"

Vorsichtig wollte Tonidandel vorgehen, mißtrauisch, ohne
Fehler, ohne
Übergriffe.

Ungewöhnlich konnte der Auftrag zur Kontrolle der
Amtsführung eines
Dorfpfarrers nicht genannt werden; denn der
Militärverwaltung in der
Militärgrenze war alles unterstellt: Männer, Frauen und
Kinder, alle
Stände, Klerus, Stadtbürger und Landvolk. Demnach war
das
Regimentskommando nicht nur „kompetent", sondern auch
verpflichtet, die
Dienstgeschäfte der Pfarrer zu überwachen, Ordnung zu
schaffen,
besonders dann, wenn Beschwerden eingelaufen waren.

Tonidandel vermutete, daß just über den im Befehle
genannten Popen namens Vid (Veit) Denunziationen in
Karlstadt eingelaufen sein dürften, und daß dieser Pope
möglicherweise kein ordnungsgemäß geprüfter Priester von
normaler Ausbildung, sondern nur ein Protektionskind
ohne Fachbildung sein werde.

In diesem Falle war besondere Vorsicht angezeigt, um nicht
gegen den —
Protektor zu verstoßen.

Tonidandel ersah aus der Bezirkskarte, daß die
„Inspektions"reise zum Amtssitz des Popen Vid mindestens
drei Tage beanspruchen werde. Er übertrug daher die
Dienstgeschäfte der Kompagniekommandantur dem

Hauptmann Pegan und trat dann mit üblicher Bedeckung die Reise zu Pferd an.

Ein erbärmliches Nest war das Dorf; die Holzhäuser tief im Boden steckend, meist nur ein Gelaß enthaltend, mit Stroh oder Dünger gedeckt. Der Fürsorge der Militärverwaltung entsprachen nur die Kirche und die steingefügten Häuser für den Popen und für die Schule.

Der langhaarige und bärtige Pope Vid sprang wie ein gehetzter Hirsch herbei, als Hauptmann Tonidandel mit sechs Soldaten am Pfarrhause hielt. Überschwenglich und untertänig begrüßte der Pope den „erlauchten" und gnädigen Herrn, völlig nach Domestikenart, unterwürfig und kriechend.

Barsch fragte Tonidandel in dem üblichen Gemisch von Militärdeutsch und Likaner Kroatisch, ob der Pope Vid heiße und der Pfarrer dieses Dorfes sei.

„Gehorsamst aufzuwarten, gnädiger Herr! Ich bin der Pope dieses Dorfes auf Empfehlung des hochwürdigsten Archimandriten durch die Gnade des erlauchten Chefs des Likaner Regiments, des gnädigsten Herrn Oberst K. in Karlstadt! Womit kann ich Euer Hochwohlgeboren dienen! Ich bitte um die hohe Ehre, die Schwelle meines Hauses überschreiten zu wollen!"

Den Hinweis auf die Ernennung zum Popen durch den Regimentschef K. hielt Tonidandel einstweilen für eitel Prahlsucht. Sein Pferd und die Bedeckungsmannschaft schickte der Offizier in das Dorfgasthaus. Und sofort machte sich Tonidandel an die Erledigung der Dienstgeschäfte, die für einen Offizier ebenso seltsam wie lästig waren.

Der Forderung, die Register (Pfarrmatrikel) vorzulegen,

suchte sich der

Pope zu entziehen mit dem Hinweise, daß er — kein Freund von

Schreibereien sei und um keinen Preis der Welt den gnädigen Herrn

Kommandanten belästigen wolle.

Scharf bestand Tonidandel auf der Vorlage der Pfarregister. Der Pope wand und krümmte sich. Und er jammerte: „Halten zu Gnaden, erlauchter Herr Hauptmann! Die Matrikel, so Euer Herrlichkeit wünschen, ist ganz überflüssig, also nicht vorhanden!"

„Waaas? Wieso?"

„Halten zu Gnaden, Erlaucht! Li ja baš tako![8] Ganz überflüssig! Wird ein Kind geboren, so taufe ich es, das Kind ist da, braucht also nicht aufgeschrieben werden, weil es da ist! Stirbt einer in meiner Gemeinde, so ist er weg; den Toten schreibe ich nicht auf, weil er eben weg ist!"

„Prachtvoll!" höhnte Tonidandel.

„Danke gehorsamst für diese Anerkennung Euer Erlaucht! Sie freut mich sehr!"

„Und die Hochzeiten! Werden diese auch nicht aufgeschrieben?"

„Nur die Namen, von wegen der Gebühren, wenn die Paare nicht gleich bezahlen! Die Zahlung ist die Hauptsache! Wovon soll ein armer Pop leben?"

„Eine interessante Wirtschaft in einem Pfarramt!"

„Ich danke untertänigst! Aber interessant ist bei mir nichts, das

Einkommen schlecht!"

„Wo hat Er denn studiert?"

„Gehorsamst aufzuwarten, beim Archimandriten!"

„Wie? Unbegreiflich! Zeig' Er mir seinen Lehrbrief!"

„Halten zu Gnaden, Herrlichkeit! Ich besitze ein solches Dokument nicht!"

„Tod und Teufel! Also hat Er Theologie gar nicht gelernt!"

„Zu dienen, Erlaucht! Der hochwürdigste Archimandrit hat mich höchstpersönlich unterrichtet, hat mich gelehrt: Messe lesen, Predigen, alle praktischen Funktionen, die ein Pop wissen und ausüben muß! Ganz praktisch, nur praktisch! Ein Dokument hierüber haben mir der hochwürdigste Archimandrit nicht auszufertigen geruht!"

„Warum hat Ihn der Archimandrit in so auffallender Weise sozusagen — abgerichtet?"

„Aus Dankbarkeit!"

„Wie? Was? Wie kommt ein Archimandrit dazu, einem Menschen wie Ihm — so sonderbar zu Dank verpflichtet zu sein?"

„Das kann ich Euer Herrlichkeit nur ins — Ohr sagen, denn es muß das ein
Geheimnis bleiben!"

Und ehe der Offizier diese widerliche Zudringlichkeit verhindern konnte, hatte ihm der Pope das — Geheimnis ins Ohr geflüstert.

Erst starrte der Hauptmann den sonderbaren „Pfarrer" an,

verblüfft in hohem Maße; dann aber lachte Tonidandel, daß
ihm das Wasser aus den Augen schoß.

Zum Schlusse dieser denkwürdigen Pfarrmatrikelkontrolle
bestand der
Offizier auf der Einhändigung des Ernennungsdekretes.

Dieses Dokument lieferte der Pope ersichtlich ungern,
zögernd und wider
Willen ab.

Ein Blick auf Dienstsiegel und Unterschrift. Und Tonidandel
frohlockte.
Es stimmte genau; der Oberst K., kein anderer, hatte dieses
Monstrum von
Theologen zum Pfarrer ernannt. Und den Popen Vid mußte
er völlig
vergessen haben: denn sonst würde er den Hauptmann
nicht auf das —
Protektionskind gehetzt, Kontrolle und Bestrafung
angeordnet haben.

Wegen der weiteren Erledigung dieser Angelegenheit,
erklärte der
Offizier, daß ein Bescheid dem — „Pfarrer" schriftlich
zugehen werde.
Das Ernennungsdekret nahm er mit.

Wie zu Stein erstarrt blieb der Pope stehen, als der
Hauptmann lachend das Pfarrhaus verließ....

Zwei Tage später schrieb Tonidandel in der Kanzlei zu S. den
gewünschten Bericht an das Regimentskommando in
Karlstadt. Zwar nicht „erschöpfend", aber sarkastisch,
knapp und sehr verständlich. Der Inhalt lautete ungefähr:
Eine Pfarrmatrikel gibt es im Dorfe .... nicht; der mit Dekret

des Regimentskommandanten, des Herrn Oberst K. zum —
Pfarrer ernannte Jaša Vid war früher durch viele Jahre
Kutscher beim Archimandriten ...., der den Vid aus
Dankbarkeit zum Popen abrichtete, weil der Vid niemals
einen — Lohn für seine Kutscher- und Hausknechtsarbeit
erhalten hat. Deshalb besitzt der Vid auch keinen
theologischen Lehrbrief und keine theologischen
Kenntnisse. Vid behauptet, daß der Archimandrit ihn dem
Herrn Regimentschef empfohlen habe. Die Bestrafung wegen
ungenügender Matrikelführung wolle das hohe
Regimentskommando vornehmen.

Bezüglich der Errichtung von Räuberkommandos wird
gehorsamst bemerkt, daß es im Dienstbereiche des
Kompagniekommandos S. Räuber nicht gibt.

Deshalb wird gehorsamst um Angabe der Dörfer gebeten, in
die zwecklos
Detachements gelegt werden sollen....

Lachend fügte Tonidandel diesem Schriftstück das
Dienstsiegel des
Kompagniekommandos und seine Unterschrift bei.

Das Städtchen S. und die Lika wurden bald darauf
eingeschneit, von allem Verkehr gänzlich abgeschnitten.
Wochen vergingen. Und als erstmals wieder auf Schlitten die
Militärpost aus Karlstadt nach S. kam, enthielt die
Posttasche unter anderm ein Schriftstück, das den Befehl zur
Aufstellung von Räuberkommandos widerrief und dem
Kompagniekommando mitteilte, daß Oberst K. unter
Beförderung zum Generalmajor nach Wien versetzt worden
sei. Also war Hauptmann Tonidandel seinen „Befehlsgeber"
und Peiniger los geworden.

Fußnoten:

[1] Starešina (gesprochen Starjeschina) = Oberhaupt, Gemeindesvorsteher, Bürgermeister, Dorfältester, auch Befehlshaber. Es muß der Starešina nicht immer ein alter Mann sein, soll sich aber in „gesetzten" Jahren befinden. Der Südslave verehrt nur den Alten, der in bester Lebenskraft voll und ganz seinen Mann gestellt, Großes geleistet hat.

D.V.

[2] Graničari (Granitschari) = Grenzsoldaten, granica = Grenze.

[3] „Gott gebe es!"

[4] Die unter der Militärverwaltung stehende Bevölkerung der Militärgrenze nannte Zivilkroatien damals „Provinzial" und liebäugelte mit den dortigen Verhältnissen.

[5] „Zur Gesundheit!"

[6] Der Ausdruck „Pfaffe" hatte damals noch nicht die üble Bedeutung wie jetzt.

[7] „Gott! Gott!"

[8] „Es ist wirklich so!"

Des Popen Meisterstück

Als Kommandant Tonidandel von der Grenzerkompagnie S. auf Regimentsbefehl (unterzeichnet: „K.") die Untersuchung gegen den Dorfpopen Vid wegen ungenügender Führung

39

der Pfarrmatrikel durchgeführt und dieses sonderbaren „Pfarrers" Ernennungsdekret mitgenommen hatte, verlebte der Pope Vid begreiflicherweise schwere Tage bitterster Angst in Erwartung der Strafe und der Absetzung. Denn soviel Verstand besaß Jaša Vid noch von seiner Tätigkeit als Rosselenker her, daß er selbst die Belassung auf seinem Posten für unmöglich hielt, nachdem in seine Führung der Pfarrgeschäfte von militärischer Seite „hineingeleuchtet" worden war. An der Entlassung von kurzer Hand zweifelte Vid keinen Augenblick; sie konnte nur noch die Frage weniger Wochen sein und hing zeitlich davon ab, wann der Kompagniekommandant den Rapport schreiben, das amtliche Schriftstück beim Regimentskommando in Karlstadt eintreffen und Oberst K. dazu kommen werde, das Aktenstück zu erledigen.

Den ersten Tag nach Tonidandels Abzug verlebte der Pope in völliger Verzweiflung. Der zweite Tag verging in dumpfem Hinbrüten. Am dritten Tage dämmerte im „pfarrlichen" Kutschergehirn der Gedanke auf, daß das bittere Unheil vielleicht abgewendet werden könnte, wenn „man" den allmächtigen Regimentskommandanten bei besonders guter Laune antreffen, ihm ein besonders schönes Pferd „vorführen" und kniefällig um Belassung auf dem Posten trotz mangelhafter Registerführung und früherer Kutschertätigkeit bitten würde.

Mit einer gewissen Findigkeit, die der Logik nicht entbehrte, kam Vid zu der Folgerung, daß der Regimentsgewaltige ihn nicht zu hart bestrafen könne, nachdem doch der Oberst in eigener Person den Kutscher zum — Pfarrer ernannt hatte. Schuld des Popen konnte es nicht sein, falls etwa der Archimandrit dem Regimentskommandanten verschwiegen haben sollte, daß Vid früher des Archimandriten Rosselenker gewesen. Wußte dies aber der Oberst, hatte er trotzdem die

Ernennung vollzogen, so durfte er, nun durch die
„Stocherei" des Kontrolloffiziers der Tatbestand
„aktenmäßig" geworden, nicht so grausam sein, den Popen,
sein Protektionskind, davonzujagen.

Am vierten Tage beschäftigte sich Vid mit dem Verhalten des
Hauptmannes gegenüber dem ins Ohr geflüsterten
Geheimnis. Der Pope fragte sich, warum der Offizier sich
krümmte und so schrecklich lachte, daß ihm das Wasser aus
den Augen schoß? Die „Beförderung" des Kutschers zum
Popen mochte in fremden Augen ungewöhnlich erscheinen;
Vid erblickte in ihr nichts anderes als die Tilgung einer
Dankesschuld. Verjagt der Oberst den Popen vom
Pfarrposten, so wird der Archimandrit entweder für eine
andere Stelle sorgen oder den rückständigen Kutschersold
bezahlen müssen....

Weshalb aber lachte der Offizier so unbändig? Ist er
vielleicht ein Feind des Regimentskommandanten? Will er
ihm mit der Aufdeckung des Geheimnisses, daß Vid früher
— Kutscher gewesen, einen besonderen Streich spielen?
Darüber Näheres und Sicheres zu erfahren, bestand keine
Möglichkeit. Doch eines erriet Vid gefühlsgemäß: eine
Hauptrolle werde und müsse seine Tätigkeit als —
Rosselenker spielen. Dieses „Gefühl" lenkte auf den
Gedanken, die Gunst des Regimentskommandanten
neuerdings, und zwar durch — Pferde zu gewinnen. Der
arme schlechtbezahlte Dorfpope besaß jedoch keine Pferde,
konnte solche nicht kaufen. Ein schönes wertvolles Roß
schon gar nicht. Und ein — Pope konnte ein Prachtroß
auch nicht — „verschaffen". Nur darüber — reden könnte
er mit einem Besitzer oder mit einem Sachverständigen in
der Pferdebeurteilung.

Eigentümer schöner Pferde gab es im Dorfe nicht, wohl aber
im nächsten größeren Orte. Sachverständige im

Heimatsdorfe genug. Gleich der nächste Nachbar des
Pfarrhauses, der Mirko, stand im Rufe eines Pferdekenners,
der freilich viel schwätzte; doch erzählte die Fama von ihm,
daß er — nachts auf geheimnisvollen Gängen sehr
schweigsam, stumm wie das Grab, sei.

Nicht über die beunruhigende Sache betreffend die drohende
Absetzung,
nur über — Pferde wollte der Pope mit Mirko sprechen. Bei
nächster
Gelegenheit fragte also Vid, wie doch eigentlich die
kavalleristische
Episode im „Provinzial" bei der Landwehr gewesen sei.

Augenblicklich und sichtlich gern schnappte Mirko darauf
ein und erzählte, daß eine berittene Abteilung des Befehls
zur Beendigung der Übung und Versorgung der Pferde
harrte. Der Kommandant rief den Landwehrreitern den
Befehl zu: „S konja dol!" (Wörtlich: Vom Pferde zu Tal;
herunter, also absitzen!) Einer der Reiter jedoch, der im
Sprachgebrauch feinfühliger als der bürgerliche
Kommandant und deshalb sprachempfindlich war, fragte
mit schallender Stimme: „Kai pa mi, koji smo na *kobili*?"
(Wörtlich: Was aber wir, welche wir sind auf — Stuten?
Übersetzt: Was aber sollen wir machen, die wir auf — *Stuten*
sitzen?)

Obwohl Vid den Scherz dieser drolligen Wortklauberei
kannte, lachte er doch herzhaft und ließ sich die Pointe von
Mirko erklären! Im Kroatischen heißt koni soviel wie
männliches Pferd. Der Kommandant hatte also befohlen.
„Vom *männlichen* Pferd herunter!" Deshalb fragte jener Reiter,
was die Leute machen sollten, die auf kobili, nämlich auf
weiblichen Pferden, saßen.

Kutscherhaft bebrüllte Vid diesen Scherz und Spott auf
zivile Soldatenspielerei im „Provinzial". Und diese
freundliche Aufnahme des Scherzes machte den Nachbar
zugänglich für das — Weitere. Der Pope teilte vertraulich
mit, daß er beim Regimentskommandanten in Karlstadt eine
— Gehaltsaufbesserung anstrebe, gute Aussicht hätte,
solange der Oberst K. Regimentschef sei, weil dieser hohe
Herr den untertänigen Diener Vid zum Popen ernannt habe;
aber eine große Schwierigkeit sei einstweilen vorhanden: es
fehle dem armen schlechtbezahlten Popen an einem
Gegenstand zur — „Verehrung".

Mirko begriff sofort und fragte, „mit was" der Pope —
„schmieren" möchte.

„Mit einem schönen, einem Regimentsobersten würdigen Roß!"

Augenzwinkernd fragte Mirko, ob Stute oder Wallach.

Vid „himmelte" und versicherte, daß er weder das eine noch das andere bezahlen könne, auf — „leihweise" Überlassung angewiesen sein würde, den Zeitpunkt der „Rückgabe" des betreffenden Pferdes nicht genau angeben könne, weil der kluge Mittelsmann noch nicht gefunden sei, der zu „passender Zeit" das „gewidmete" Pferd wieder bei guter Gelegenheit von Karlstadt „zurückhole".

Auch diese dunklen Worte verstand der freundliche Nachbar sofort. Und alsbald entwickelte Mirko einen seinen Plan, wonach in der Nacht zum nächsten Feiertage aus dem größeren Nachbarorte zwei schöne Pferde behufs Auswahl „leihweise" geholt werden sollen. Diese Aufgabe wolle Mirko aus Freundschaft übernehmen. Sache des Popen aber werde es sein müssen, für die sichere Unterbringung der „entlehnten" Pferde zu sorgen, falls sich die — Gendarmen für den — Aufenthaltsort dieser Pferde am Feiertage interessieren werden. Finden dürfen die Gendarmen diese Pferde nicht, weil sie oder das ausgewählte Roß sonst dem Regimentskommandanten nicht „verehrt" werden könnten. Für die spätere „Heimholung" des „Schmier"pferdes müsse der Pope einen Vertrauensmann in Karlstadt ausfindig machen; Mirko könne diese Aufgabe mangels genauer Ortskenntnis am Sitze des Regimentskommandos nicht übernehmen.

Der Plan gefiel dem Popen sehr gut.

Aber die Zustimmung freute sich Mirko. Doch machte er als vorsichtiger
Mann von Erfahrung auf nächtlichen Gängen auf die

Gefahr des —
Schneefalles aufmerksam. Spurschnee werde haargenau den Aufenthalt der
Pferde verraten, sowohl den Gendarmen als auch neugierigen Dörflern. Im
Augenblinzeln Mirkos lag die Frage, ob der Pope ein Mittel zur
Spurenverwischung wisse.

Einstweilen wußte Vid nichts, doch das Sprüchlein sagte er salbungsvoll auf. „Hat der Mann ein Amt, bekommt er auch den — Verstand dazu!"

Mirko betonte nochmals, daß die „Leih"pferde in der Nacht bzw. gegen
Morgen des nächsten Feiertages in Dorfnähe gebracht werden, und daß der
Pope alsbald für sichere Unterbringung der Pferde wie für Vernichtung
ihrer Spuren im Schnee aufkommen müsse.

Im Pfarrhause wurde das Übereinkommen mit Slibowitz begossen, mit
Handschlag bekräftigt. —

In der Lika trat Schneefall ein. Weit mehr Geflock, als dem Popen lieb war. Je näher der Feiertag heranrückte, desto mehr Bangen fühlte der Pope in der Kutscherbrust. Das Spiel war doch arg gewagt. Wurde es infolge eines Zufalls verloren, der „Krach" in Karlstadt würde entsetzlich werden, die Entlassung aus dem Pfarrdienst im Vergleich zur Explosion im Regimentskommando ein harmloses Kinderspiel sein.... Doch rückgängig machen konnte Vid die so pfiffig begonnene Sache nicht mehr. Wollte er eigentlich auch nicht. Er wünschte Pope zu bleiben; wenn möglich allerdings auf einer — besseren Pfarre.

Während der Nacht zum orthodoxen Feiertage blieb Vid in den Kleidern; verschmähte jede Ruhe, lauerte auf jedes Geräusch. Um Mitternacht endete der Schneefall; Sterne erschienen am Firmament und flimmerten. Der Warmwind blies von der Adria herein.

Noch um drei Uhr morgens hatte Vid keine Ahnung davon, wo er die — Pferde sicher vor Gendarmenaugen unterbringen könnte. Unmöglich in der Scheune des Pfarrhauses wegen Platzmangels. Ebenso unmöglich bei Mirko, der nicht in Verdacht gebracht werden durfte. Es war Aufopferung genug, daß der Nachbar die Pferde „holte"....

Auch die Zeitfrage beschäftigte den Popen noch gegen Morgen. Wird es wahrscheinlich sein, daß noch in der Nacht die — Gendarmen den Abgang der Pferde merken, den „Entführer" sofort verfolgen werden?

Vid verneinte diese Frage. Ohne vorausgegangene Meldung werden die Gendarmen sich nicht auf die Socken machen. Erfolgt die Anzeige am frühen Morgen, brechen die Organe der öffentlichen Sicherheit sogleich zur Verfolgung der Spuren im Neuschnee auf, so können die Panduren im Dorfe ankommen etwa um die Zeit, da der Pope die Bauern aus der Kirche entlassen wird.

Ein Gedanke schoß dem „Pfarrer" durch den Schädel. Eine gute Idee, die vollen Erfolg gewährleisten könnte, wenn Mirko mit den Pferden rechtzeitig eintreffen würde. Aber Mirko kam nicht. Auch keine Meldung, ob das Unternehmen begonnen wurde.

Nichts, gar nichts.

Die Zeit rückte vor. Schon riefen die Glocken. Die Gläubigen wanderten zur Kirche.

Der Pope mußte sich beeilen. Während des Ganges zur
Kirche brannte in seiner Kutscherseele der heiße Wunsch,
daß das Unternehmen gar nicht begonnen worden sein
möge. Denn jetzt würde alles zu spät und verloren sein....

In der Kirche war das Volk andächtig, der Pope zerstreut,
nicht bei der Sache. Vids Gedanken beschäftigten sich mit —
Pferden; er glaubte plötzlich Hufgeklapper vernommen zu
haben. Horchte auf, gelangte zur Überzeugung, sich nicht
getäuscht zu haben und verkündete der Gemeinde, daß zur
besonderen Festesfreude nun um die Kirche ein — „Kolo",
ein Rundreigen, unter seiner Führung stattfinden werde.

Kolo, das Nationalvergnügen der Südslaven, ein immer
willkommener Reigen für jung und alt, wobei Männer wie
Frauen erstaunlich viel Anmut in den Körperbewegungen
zu entfalten wissen.

Es verschlug nichts, daß jede Art von Begleitmusik fehlte,
der Kolo — im
Schnee stattfinden mußte.

Der Pope führte die vielköpfige Schar der Kirchgänger Hand
in Hand im langgedehnten Zuge erst um die Kirche und
dann in weitgestrecktem Bogen auf einen freien Platz über
die Landstraße. Wohl über vierhundert Füße zertraten den
Schnee, vernichteten alle Spuren....

Vid's scharfe Augen gewahrten zwei Gendarmen in
Dienstausrüstung. Die Wächter der öffentlichen Ordnung
und Sicherheit betrachteten langsam schreitend gewisse
Eindrücke im Schnee, gingen auf das Dorf zu.

Ein Nationallied anstimmend, führte Vid seine Schar zurück
zur Kirche, um die nun singend der Kolo langsam,
würdevoll und anmutig getanzt, d. h. ruhig Hand in Hand

geschritten wurde.

Den Gendarmen war die Erfüllung ihrer Dienstpflicht
unmöglich gemacht; die verfolgten Eindrücke im
Spurschnee waren völlig zertreten von den Kolotänzern.
Für den Reigen selbst hatten die Panduren nicht das
geringste Interesse. Sie wanderten an der Kirche vorüber,
schritten aufmerksam guckend durch das Dorf und kehrten
unverrichteter Dinge zurück in den größeren Ort.

Inzwischen hatte ein Schneesturm eingesetzt, der in
wenigen Minuten die ganze Gegend verwehte, den
heimkehrenden Gendarmen den Marsch erschwerte, den
Kolotänzern das Feiertagsvergnügen nahm. Schreiend
flüchtete alles in die Häuser und Hütten.

Schneesturm in der Lika. Der tosende Wind aus Südwest,
nicht schneidend kalt, eher warm, dennoch
durchschauernd, trieb den Schnee in schweren Schwaden
vor sich her, suchte den Häusern und Hütten die Dächer
wegzureißen und warf dann Schneemengen darauf, die alles
zudeckten. Schrilles Saufen in der oberen Luftregion,
herunter dumpfes Surren in den Dolinen, gurgelndes
Heulen an Hängen und Flächen. Tolles Gewirbel auf der
Landstraße, die teils haushoch verweht wurde, auf kurze
Striche wie glattrasiert aussah, je nachdem der Sturm sie
angreifen, der Bodenwind kesseln und wegfegen konnte,
was der Orkan an Schneemassen hingeworfen hatte.

Wie ausgestorben die Gegend, kein Lebewesen außer
Hausen ein verdorbener
Feiertag für den Gostioničar, den Wirt, dem die Gäste
fehlten.

Nur der Pope hatte einen Gast im Hause, den pfiffigen
Mirko, der sich krumm lachte über den von Vid so schlau

und prächtig veranstalteten Kolo, wodurch den Gendarmen die Pflichterfüllung vereitelt, die Pferde gerettet wurden. Daß die „entlehnten" Rosse nicht länger in der — Sakristei verbleiben konnten, sah Mirko völlig ein. Aber mit der Angelegenheit wollte er weiter nichts mehr zu tun haben. Bisher war alles Gefälligkeitssache aus nachbarlicher Freundschaft zum Popen; nun aber Schluß. Kein Schritt weiter, kein Fingen rühren.

Vid hingegen sprach seine Meinung dahin aus, daß bei solchem Schneesturm das Verbringen auch nur eines Pferdes nach Karlstadt wenn nicht unmöglich, so lebensgefährlich sein würde.

Mirko hob die Schultern und schluckte Slibowitz dazu. Und mählich wurde er — anzüglich; er stichelte, daß das Wetter gar nicht besser sein könnte für einen „ungesehenen" Pferdetransport, wenn der — kočijaš (Kutscher) „tüchtig" sei. Es klang wie Hohn, als Mirko herausquetschte: „Danas je vrlo liepo vrieme, samo je jako snieg!" (Heute ist sehr schönes Wetter, nur ist starker — Schnee!) Und nach einem neuen kräftigen Schluck Pflaumenschnapfes fügte er bei: „*Danas* su naši oni konji!" (*Heute* sind unser jene Pferde!)

Zum Abend war die Lage geklärt. Mirko verweigerte bis auf die
Pferdefütterung jede weitere Hilfe; die „Leih"rosse mußte Vid in eigener
Person entweder nach Karlstadt oder in ihre — Heimat bringen. Noch in
dieser Nacht trotz des schweren Schneesturmes.

Mirko leistete den letzten Gefälligkeitsdienst und fütterte die Pferde in der Sakristei. Das „Wassern" (Tränken) besorgte der Pope. Dann verschwand der Nachbar.

Ein letztes Sinnen und Überlegen seitens des „Pfarrers".
Diesmal in der
Richtung nach der vom Regimentskommando auf —
Pferdediebstahl verhängten
Strafe. Vid verspürte einen sehr starken Kitzel am — Hals.
Und dieses
Gefühl verstärkte sich, als der Pope zu Pferde saß.

Im Freien, vom Schneesturm umtost, von nachtschwarzer
Finsternis umhüllt, drängten die „Leih"rosse der Richtung
zu, die in ihre Heimat führte. Der Versuch Vids, die Gäule
mit Schenkeldruck auf die Straße nach Karlstadt zu bringen,
mißlang vollständig.

Als die Pferde ihrer Heimat zuliefen, spürte Vid deutlich, daß
das fatale Gefühl an seinem Halse nachließ. Doch der
Gedanke an die noch immer drohenden einhundert
Stockprügel für den Fall des Erwischtwerdens auf der
Heimbringung der „entlehnten" Gäule verursachte ein
gewisses Brennen am — Gesäß.

Auch in der Seele brannte etwas plötzlich sehr heftig, die
Frage, wem wohl die „entlehnten" Pferde gehören?

Vid hatte davon keine Ahnung.

Aber die Rosse werden und müssen ihren Stall kennen; sie
werden ihn auch ohne jede Begleitung finden. So dachte
Vid. Und er rutschte vom Gaul herunter.

Wie zum Dank gingen die Pferde im Galopp weg, der
ersehnten Heimat zu durch Nacht und Schneesturm.

Hart und mühsam war der Heimmarsch für den Popen.
Dennoch sozusagen schön. Von bitterer Angst befreit die
Seele, wie weggefegt das bängliche Gefühl am Halse, das
ahnungsvolle Brennen am Gesäß. Und erquickend das

Bewußtsein, daß die Mitwisserschaft Mirkos nicht gefährlich
werden kann, weil die von ihm, nicht vom Popen,
gestohlenen Pferde nicht behalten wurden.

Mit „reinem Gewissen", freilich körperlich sehr ermüdet,
erreichte Vid sein Pfarrhaus.

Bängliche Wochen folgten im Warten auf den Karlstadter
„Krach" als
Konferenz des Berichtes vom Kompagniekommandanten.
Viel später als nach
S. drang auch in das einsame Dorf in der verschneiten Lika
die Kunde,
daß der gefürchtete Oberst K. nach Wien befördert worden
sei.

Jetzt konnte Vid von aller Sorge befreit aufatmen. Denn
wiewohl nur ein ehemaliger Kutscher und eigentlich
unmöglicher Pope, wußte Vid doch, daß in der
Regimentskanzlei alte Geschichten nicht ausgegraben
wurden, neuernannte Regimentskommandanten alte Sachen
nicht aufstocherten. Und daß der Hauptmann von S. ihm
nicht wehtun würde, das hatte Vid im — Gefühl.

Mit diesem „Gefühl" behielt er recht bis an sein Ende.

Waldkultur

Da sich die Militärbehörde an der damals türkischen
(bosnischen) Grenze um — alles zu kümmern hatte, der
Militärdiktatur im Grenzbezirk alles unterstand, so wurde
dort auch das — Forstwesen „besorgt". Und zwar für die
Verhältnisse jener weit zurückliegenden Zeit gar nicht übel

und ziemlich stramm. Freilich nicht gerade „forstlich" im technischen Sinne.

Irgendwo war eine große Eichenwaldung abgestockt worden. Lange Zeit hindurch war nach dem Kahlhieb nichts geschehen.

Zur Aufforstung fehlte es der Forstbehörde an Arbeitern zum
Eichelnsetzen und an Geld zur Bezahlung der Setzarbeit. In solcher Not
wandte sich die Bezirksforstbehörde an das Kommando des im betreffenden
Bezirk Rationierten Grenzregimentes mit der Bitte, das Setzen der
Eicheln von den Grenzsoldaten ausführen zu lassen.

Diese Bitte kam dem Kommandanten des Grenzregimentes um so gelegener, als der Oberst wegen der Beschäftigung der Truppen sich in einiger Verlegenheit befand. Es gab nämlich seit etlichen Monaten nichts zu kämpfen gegen die Türken, überhaupt nichts zu tun in militärischem Sinne. Beschäftigung der Grenzsoldaten war also erwünscht. Von forsttechnischer Arbeit hatte der Regimentskommandant selbstverständlich nicht die geringste Ahnung, hingegen die Überzeugung, daß der einfache Befehl zur Durchführung der Eichelsetzarbeit mit Soldaten vollauf genüge.

Im Dienstwege wurde das Forstamt von der Genehmigung des Ansuchens verständigt.

Daraufhin stellte das Forstamt einen Techniker behufs Anordnung und
Überwachung der Setzarbeiten zur Verfügung und sandte den Beamten an den
Stabssitz des Regimentes.

Der Kommandant Oberst X. lehnte entrüstet die Beigabe des forstlichen
Sachverständigen ab und sandte den Mann sofort zurück.

Ein Hauptmann erhielt den Befehl, mit zweihundert Mann
im näher bezeichneten Reviere die Aufforstung durch Setzen
von Eicheln durchzuführen „in eigener Kompetenz, mit
möglichster Strammheit und militärischer Präzision". Aber
die Frist für die Arbeitsdurchführung war nichts gesagt.
Daß der Forsttechniker vom Kommandanten abgelehnt und
zurückgeschickt worden war, hatte der Hauptmann „unter
der Hand" erfahren und sich als kluger Mann hinter die
Ohren geschrieben.

Von forstlicher Kulturarbeit hatte der Hauptmann selbstverständlich
keine Ahnung. Aber das wußte er, daß er für die Eichelsetzarbeit den
Forsttechniker — nicht befragen durfte, wenn ein „Krach" mit dem
Regimentskommandanten vermieden werden sollte.

Soviel Verstand besaß der Hauptmann, um sich denken zu
können, daß ein gewisser Abstand zwischen den zu
setzenden Saateicheln werde eingehalten werden müssen.
Diesen Abstand konnte der Offizier begreiflicherweise nur
militärisch berechnen; deshalb bestimmte der Hauptmann.
„Distanz ein Schritt". Von einem Hand-in-Hand-arbeiten
zwischen Militär und Forstbehörde keine Spur.

Das „Setzdetachement" rückte an, als das Forstamt noch gar
keine
Saateicheln hatte. Das Material wurde schleunigst beschafft.
Unterdessen, zur Zeitausfüllung, ließ der Hauptmann die
zur Aufforstung
bestimmte Kulturfläche von Unkraut usw. befreien, roden

und vorbereiten.

Endlich kamen die Eicheln.

Der Hauptmann ließ seine Mannschaft antreten und hielt „Instruktionsstunde". Die Soldaten wurden belehrt, wie sie die Saateicheln zu setzen haben. Entfernung von Mann zu Mann drei Fuß; auf das erste Signal fährt die rechte Hand in die Schürze und ergreift eine Eichel; auf das zweite Signal bückt sich die gesamte Mannschaft und steckt die Eicheln in den Boden; auf das dritte Signal richtet sich die Mannschaft auf und tritt einen großen Schritt nach vorwärts. Und so weiter, bis die ganze Fläche mit Eicheln besteckt ist.

Da für diese originelle Kulturarbeit wohl Saateicheln vorhanden waren, nicht aber Bundschürzen zum Tragen der Eicheln, und da der Hauptmann recht gut wußte, daß er wegen der fehlenden Schürzen den in seiner Allmacht gefährlichen Regimentskommandanten nicht behelligen durfte, befahl der militärische „Forstmann" ganz einfach, daß jeder Soldat morgen beim Antreten eine — Bundschürze mitzubringen habe. Gleichgültig, ob die Schürze der Gattin, der Schwester oder der Geliebten gehöre. Die Bundschürze mußte, so lautete der Befehl, „verschafft" werden.

Damit war die Instruktionsstunde beendet, die Mannschaft entlassen.

Am nächsten Morgen pünktlich trat die „Kultur"-Mannschaft an. Einen sehr
bunten Anblick boten die Soldaten mit den umgebundenen farbigen
Schürzen. Die Vorliebe der südslavischen Weiber für grelle Farben in
Kitteln und Schürzen war damals genau so vorhanden wie auch heute noch.

Zum Schreien komisch sahen die Grenzsoldaten mit ihren grellfarbigen
Schürzen aus. Der drohenden Prügelstrafe wegen verzog niemand von der
Mannschaft auch nur die Miene. Die Kerle blieben ernst; sie lachten
unbemerkbar innerlich.

Der Hauptmann rückte mit der „Kultur"-Mannschaft aus; zu seiner Seite marschierte der Kompagnietrompeter(!) als Signalist für die — Kulturarbeit.

An der Schlagwand wurden die Soldaten, denen die Saateicheln in die
Schürzen gegeben worden waren, aufstellt. Am Flügel standen der
Hauptmann und der Signalist mit der Trompete.

Und nun begann die Setzarbeit als Schauspiel für Götter.

Auf einen Wink des Hauptmanns blies der Trompeter das verabredete *erste* Signal. *„Habt acht!"*

Genau griffen die Grenzer in die sackähnlich aufgebundenen Schürzen und erfaßten je eine Eichel.

Zweites Signal. *„Eicheln hineinstecken!"*

Im Nu bückte sich die Mannschaft, jeder Soldat steckte eine Eichel in den damals berühmt fruchtbaren Boden.

Drittes Trompetensignal. *„Marsch!"*

Die Soldaten traten einen großen Schritt nach vorwärts.

Stundenlang währte diese stramm militärische Setzarbeit, bis der ganze

Eichelvorrat in den Boden gesteckt war....

Und diese Arbeit wiederholte sich bis zur völligen Durchführung der befohlenen Aufgabe, der „Eichenanpflanzung" auf einer riesengroßen Fläche.

Worauf der Hauptmann sich beim Regimentskommandanten gehorsamst meldete.

Hinterdrein kam der Forsttechniker, um nachzufragen.

Zu ändern war nichts mehr. Und verhältnismäßig war die Sache gar nicht schlecht gemacht....

Jahrzehnte verflossen.

In den „Erinnerungen" eines alten kroatischen Forstbeamten, die mir zur Einsichtnahme gegeben wurden, heißt es. „Herrlich anzusehen waren die militärisch herangezogenen Eichenjungwälder. Leider wurden sie ein Opfer jener aufrührerischen Bosniaken, die vor Beginn der Okkupation Bosniens nach Kroatien verbracht worden waren. Die aus ihrer Heimat abgeschobenen Bosniaken hatten ihre Ziegen mitgenommen, die in diese Eichenjungwälder getrieben wurden, als sich das junge Laub zeigte. Es war von den Behörden streng verboten, mit Beil oder Hacke diese Eichenjungwälder zu betreten. Den Eintrieb von gefräßigen Ziegen zu verbieten, hatte man — vergessen. Irgendeines Werkzeuges bedurfte der Bosniak nicht; er wußte sich gut zu helfen, indem er jeweils ein Eichenstämmchen so lange mit den Händen niedergebogen hielt, bis die Ziegen alles Laub abgefressen hatten. Dann ließ der Mann das Stämmchen in die Höhe schnellen. Und das nächste Eichenstämmchen wurde ebenso des Laubes beraubt. Ganze Jungbestände wurden auf diese Weise kahl gefressen! Das ärarische Forstpersonal war außerstande,

diesen Waldfrevel zu verhindern. Wenn die Ziegen der
Bosniaken sich in Bauernwaldungen ‚verirrten', machten
die Kroaten keine Umstände: die Bosniaken wurden so
fürchterlich verhauen, daß sie fürder Bauerngehölze
respektierten und ihr Interesse wieder den ärarischen
Waldungen widmeten."

Sicher ist das Geschilderte ein fesselndes Kulturbild einer
militärischen — Waldkultur in vergangener Zeit!

Kroatische Glanzkohlen.

Alte Herren schmunzeln heute noch, wenn von den
kroatischen Glanzkohlen aus der Grube Očura bei
Lepoglava in den Varazdiner Bergen gesprochen wird; denn
mit diesen Glanzkohlen war im Jahre 1875 ein glänzend
gelungener Scherz verbunden, mit dem der Bergverwalter
jener Kohlengrube köstlich „hineingelegt" wurde, und
wozu, drollig genug, der zeitlebens für Bergbau lebhaft
interessierte König Leopold II. von Belgien seinen Namen
leihen mußte.

Anfang der siebziger Jahre war in Kroatien unter dem
Namen „Kroatische Glanzkohlen" eine Kohlengewerkschaft
gegründet worden in der Absicht, die Kohlenklötze von
Lepoglava-Očura abzubauen. Das vielen Erfolg
versprechende Unternehmen konnte jedoch nicht sofort
gewinnbringend gestaltet werden, weil es an Gelegenheit
zur Abfuhr der Kohlen mangelte. Es fehlte an jeder
Eisenbahnverbindung; die Achsenfracht nach Varazdin-
Csakaturn kam viel zu teuer und beanspruchte zuviel Zeit;
ebenso mißlich war es, die Grubenausbeute über die
kroatische Grenze auf steierischen Boden zum Anschluß an

die österreichische Südbahnstrecke nach Friedau-Pragerhof zu bringen.

Die Gesellschaft beschloß deshalb die Erbauung einer Lokalbahn von Očura nach der Südbahnstation Friedau (Steiermark) erwarb die Zustimmung der Behörden und ließ behufs Aussteckung der „Trasse" Ingenieure kommen, die ihre Kanzlei im Kohlenest Očura errichteten.

Die nicht geringen Schwierigkeiten, wegen der Bauerlaubnis usw. die kroatischen und steierischen Behörden unter einen Hut zu bringen, waren ein Kinderspiel im Vergleich zu den Hindernden, die der Erbauung der Eisenbahn in Očura selbst erwuchsen durch den eigenen Verwalter der Grube Očura.

Der Bergverwalter Bodlak, aus dem Lande stammend, wo „die Erdäpfel als Spalierobst gezogen" werden, war nämlich grenzenlos — neugierig und obendrein ein Mensch nach Goetheschen Rezepten im „Zauberlehrling" und im „Faust". Eine „Spottfigur von Dreck und Feuer" und obendrauf ein „Wassertopf".

Ein Männle klein, untersetzt, mit säbelförmigen Beinen und einem wahrhaft riesigen Kopf, bildete Bodlak den Schrecken von Očura und Umgebung, in der Grubenverwaltung wie in der Gesellschaft, bei den Behörden in der Amtsstadt Varazdin usw. Der Bergverwalter mit seiner entsetzlichen Neugier war nicht mehr loszubringen, wenn er sich irgendwo eingefunden und in eine Sache verbissen hatte. Für den geplanten Bahnbau von Očura nach Friedau interessierte sich das Männle begreiflicherweise aus dienstlichen Gründen, dann privatim, und überdies wünschte er, mit seinen Spargroschen Aktionär der neuen Bahn zu werden.

Zecken und Wanzen waren wonneerzeugende Geschöpfe im Vergleich zu Herrn
Bodlak, der mit seiner alle Grenzen übersteigenden Neugier und
Zudringlichkeit die Ingenieure in der Arbeit behinderte, mit unermüdlichen Belästigungen in Verzweiflung brachte.

Höfliche Bitten und Mahnungen blieben unbeachtet. Auch auf deutliche
Winke hin stellte Verwalter Bodlak seine lästigen Besuche und qualvollen
Fragen nicht ein.

Am meisten fühlte sich der Oberingenieur A. aus Brüssel in der
Kanzleiarbeit gehemmt; er ärgerte sich grenzenlos, und in wachsender Wut
beschloß er, den — Glanzkohlenmenschen auf den — Glanz herzurichten,
Rache zu nehmen, auf daß ganz Kroatien sich vor Lachen krümmen werde.

Der Racheschwur war leicht gesprochen; die Durchführung einer Rachetat hatte aber ihre Schwierigkeiten. Das spürte der Oberingenieur schon, als er über die Vorbereitungen zu einer „Tat" nachsann.

Eines Tages kam der schreckliche Bergverwalter wieder und quälte besonders den Oberingenieur mit Fragen nach — Neuigkeiten. Bodlak sah eine französische Zeitung auf dem Arbeitstische liegen und wollte wissen, ob so ein französisches Blatt „bessere" Neuigkeiten berichte als die „inländischen" Zeitungen.

Unwirsch meinte der Oberingenieur, daß „viel Gescheites" auch in dem

Brüsseler Blatte nicht zu finden sei; es wäre denn die unter Vorbehalt
gegebene Meldung, daß der König Leopold von Belgien die kroatischen
Kohlengruben zu — kaufen beabsichtige.

Nun war der Teufel los! Und Bodlak war verwandelt in einen Menschen, der sich vor Freude nicht mehr zu fassen wußte, und der nicht genug — fragen konnte.

Der jubelnde Bergverwalter berichtete sofort den Zeitungen in Agram und Budapest die — erfundene Nachricht als sichere Kunde, erzählte allen Grubenbeamten von Očura davon und frohlockte, daß der belgische König in seiner „bekannten Noblesse" aller Geldnot bei den kroatischen Kohlenmenschen durch Gehaltsaufbesserungen ein wohltätig Ende machen werde.

Die Nachricht erregte nicht geringes Aufsehen und wurde namentlich in der Gegend von Varazdin geglaubt, weil sie vom Bergverwalter Bodlak von der Grube Očura ausging.

Die Grubenbesitzer freilich wunderten sich, daß Bodlak mehr als sie selbst wußte.

Die Bahnbauingenieure hingegen hatten viel Spaß an der wachsenden Aufregung in Beamtenkreisen, aber schwere Mühe, die maßlos gesteigerte Nachfrage Bodlaks nach Einzelheiten bezüglich der Umwandlung der Grubenverwaltung in eine „königliche belgische Bergwerksdirektion" zu befriedigen. Im besonderen wollte Bodlak wissen, ob König Leopold ihn übernehmen und zum Direktor ernennen werde.

In dieser Frage erblickte der fürchterlich überlaufene Oberingenieur die

Möglichkeit und günstige Gelegenheit, an Bodlak für alle
Belästigung
Rache zu nehmen.

Günstig war auch der Umstand, daß der Postbote von
Lepoglava den Posteinlauf für die Ingenieurkanzlei und für
die Grubenverwaltung in einer gemeinschaftlichen
Posttasche brachte und der Bequemlichkeit wegen die
Posttasche zuerst bei den Bahnbauherren zur Entnahme des
Einlaufes einlieferte. Dann erst trug der Mann die Tasche
drei Kilometer weiter zur Bergverwaltung bei Očura.

So entstand denn nach längerer Beratung in der
Ingenieurkanzlei ein Gemisch von amtlichem Dekret und
privatem Schreibebrief an Herrn Bodlak. Selbstverständlich
in französischer Sprache, in die der deutsch aufgesetzte Brief
mühsam genug hineingepreßt wurde. Über den drolligen
Text dieses köstlichen Schriftstückes heulten die Ingenieure
immer wieder bei jeder Lesung.

Aber das „Dekret" mußte ein „Amtssiegel" haben.

Mit Eselsmühe wurde aus einem Alphabet von kleinen
Gummibuchstaben in kleinem Rundrahmen ein „königlich
belgisches Staatssiegel" hergestellt: „Léopold Roi des Belges
Propriétaire aux mine en Croatie".

Schön anzusehen war dieses „Siegel" nicht, auf den ersten
Blick als „handgreifliche" und alberne Fälschung erkennbar.

Der Oberingenieur hatte denn auch schwere Bedenken; er
wurde jedoch übernimmt von den Kollegen, die ihre Köpfe
darauf wetteten, daß Bodlak in seiner Glückseligkeit diesen
Schwindel nicht merken werde.

Also wurde dem Gemisch von „Dekret" und Privatbrief
„Leopolds von

Belgien" dieses „Siegel" beigedruckt, das Schriftstück in einen
Briefumschlag gesteckt, der Brief geschlossen, mit gebrauchten
belgischen Briefmarken beklebt und eines Tages in die vom Lepoglavaner
Postboten gebrachte Tasche gesteckt. Ahnungslos trug der Posterer den
Einlauf zur Grubenverwaltung nach Očura.

Eine Stunde später stand Bodlak aufgeregt in der Ingenieurkanzlei und bat flehentlich um — Übersetzung des Briefes, den er soeben vom — „König der Belgier" erhalten habe.

Die Ingenieure verbissen das Lachen, kämpften heldenhaft gegen den übermächtigen Lachkitzel. Der Oberingenieur sah sich in der Zerplatzungsgefahr; übersetzen konnte er den Brief nicht, nur Herrn Bodlak zur Ernennung zum „Bergrat" gratulieren mit wenigen Worten; dann mußte der „Ober" die Kanzlei fluchtartig verlassen. Die Kollegen hatten sich besser in der Gewalt; sie beglückwünschten Herrn Bodlak zur Auszeichnung, gaben der Hoffnung Ausdruck, daß weitere „Gnaden erweise" des belgischen Königs und „Besitzers" der kroatischen Glanzkohlengruben sich auch auf die Ingenieure des Bahnbaues, so Kroatien mit — Belgien verbinden werde, ergießen mögen.

Nach allen Regeln der Ulkkunst foppten die Herren den glückstrahlenden „Bergrat" und erwiesen ihm faustdicke „Ehrfurcht", so daß Bodlak auf den verwegenen Gedanken kam, die ihm zuteil gewordene „Auszeichnung" der Grubenverwaltungszentrale in Wien zu — telegraphieren. Daraufhin verflüchtigten sich zwei der Ingenieure unter Vorschützung heftiger Hustenanfälle.

Der jüngste Kanzleiinsasse blieb tapfer, riet von jeder Telegraphiererei ab; denn es müsse vor der offiziellen Verbreitung der „Glücksnachricht" die landesherrliche Genehmigung zur Führung des ausländischen Titels durch die Vizegespanschaft in Varazdin erwirkt worden sein. Deshalb werde der Herr „Bergrat" gut tun, das Dekret persönlich dem Obersekretär der Vizegespanschaft zu überbringen, der das Weitere dann schon veranlagen werde.

„Prozim (bitte), wie lange wird es dauern, bis die Genehmigung erteilt wird?" fragte schluckend vor Erregung Herr Bodlak.

Der Ingenieurbenjamin zog die Schultern hoch und sprach: „Acht Monate, vielleicht ein Jahr; vielleicht wird die Zustimmung überhaupt nicht erteilt!"

„Wie? Was? Überhaupt nicht? Warum?"

„Man läßt fremde Titel nicht gern herein! Belgisches nach Kroatien schon gar nicht gern!"

„Wo doch der belgische König die kroatischen Gruben gekauft hat!" rief in wachsender Erbitterung der „Bergrat".

„Haben Sie den Kaufvertrag gesehen? Ich nicht!"

Mit kurzem Gruß verabschiedete sich Bodlak.

Immer tiefer nagten Kummer und Groll in der ehrgeizerfüllten Brust. Die Sorge vor einer Verweigerung der landesherrlichen Zustimmung wuchs mit jeglichem Tage und führte zu dem Entschluß, durch Veröffentlichung des — „Dekretes" in den Zeitungen einen — „Druck" auf die Regierung auszuüben. Bodlak kalkulierte. Unter solchem „Druck" wird die Unterbehörde, wenn auch widerwillig, die Angelegenheit an das Ministerium weiterleiten müssen. Im

Ministerium aber sitzen „gebildetere" höhere Beamte, die
schon ihrer Bildung wegen mehr Achtung vor dem —
König von Belgien haben werden....

Mit Fleiß und Geduld schrieb Bodlak sein französisches
„Ernennungsdekret" mehrere Male ab und schickte die
Abschriften nebst
Begleitbriefen an verschiedene Zeitungen.

Die kroatischen und ungarischen Blätter druckten den Text
im französischen Wortlaut ab und beglückwünschten
ironisch Herrn Bodlak mit etlichen angehängten Worten
zur „Auszeichnung". Das Wort „Auszeichnung" unter
Gänsefüßchen.

Das deutsche Wochenblatt veröffentlichte die „Ernennung"
in deutscher Sprache mit dem Beifügen: „Erörterung
überflüssig". Der Wortlaut entsprach genau dem vom
Oberingenieur verfaßten Urtext:

„Wir, Leopold, König von und zu Belgien, der Belgier und
Brabanter,
    ernennen Sie in Anbetracht Ihrer primitiven Kenntnisse
im Bergbau zu
    Unserem königlichen Bergrat in partibus in fidelio.

    Teilen Sie Uns mit, ob Sie diesen Titel in Kroatien
annehmen und
    führen dürfen, damit Wir Ihnen das große Diplom non
plus ultra senden
    können.

Achtungsvoll Leopold II."

Brüssel, Datum des Poststempels.

Siegel. Léopold Roi des Belges Propriétaire aux mines en

Croatie.

Am meisten krümmten sich die Bewohner von Varazdin und Očura nebst Umgebung vor Lachen über den köstlichen Text dieser Verulkung. Das witzige „Ernennungs"-Dekret druckten schleunigst viele andere Zeitungen ab, so daß eine Anzahl anderer Leute Anlaß zur Heiterkeit hatten. Von Mund zu Mund durch Kroatien lief die Kunde. Der Ulk griff über auf Ungarn und Österreich; sehr zur Freude der Kohlenbergbaugesellschaft, der für ihre kroatischen Glanzkohlen eine riesige und dabei kostenlose Reklame gemacht wurde.

Der verulkte Bergverwalter machte noch weiter von sich reden, da er beim
Varazdiner Gericht — Klage wegen Beleidigung einreichte, aber nicht
sagen konnte, wer bestraft werden sollte. Selbst verständlich wurde das
Klagebegehren abgewiesen.

Bodlak war in Kroatien unmöglich geworden.

Die Zentrale erwies sich für die riesige Reklame dankbar, indem sie den
Mann mit vollem Gehalt pensionierte. Worauf Bodlak verschwand.

Durch Briefe aus Očura erfuhr man auch in Brüssel von der drolligen
Ulkgeschichte. König Léopold hat besonders über den ihm unterschobenen
Brief und das „achtungsvoll" gelacht, war aber „verschnupft", daß man
ihm ein so — „minderwertiges" Französisch zutraute....

Die Kohlenbahn Očura-Friedau wurde nicht gebaut; die Verfrachtung findet heutzutage auf einer anderen Strecke: Golubovec-Varazdin statt, deren vorletzte Station (vor dem Endpunkte Golubovec) das vielgenannte Očura ist. Die Gesellschaft besteht noch immer und freut sich ihres Besitzes im kohlenreichen Gebirge Kroatiens.

Alte Leute schmunzeln heute noch, wenn die Rede ist von
— kroatischen
Glanzkohlen.

Auf Forstinspektion.

Nach Aufhebung der sogenannten Militärgrenze (8. August 1873) mußten die Wälder zunächst des nordwestlichen Teiles Kroatiens durch eigene Forstkommissäre der Vizegespanschaften neu „eingeschätzt", auf ihren Wert berechnet, dabei der Forstbetrieb besichtigt werden. Eine schwere Aufgabe für den Geist, aber auch für den Körper der Forstkommissäre, die das in sie gesetzte Vertrauen rechtfertigen wollten. Fehlte die Kenntnis der Landessprache, so war der harte Dienst noch mehr erschwert besonders bezüglich Beschaffung von Unterkunft und Verpflegung. Glücklicherweise waren damals die Waldhüter, Förster, ein Teil der Pfarrer sowie immer die israelitischen Kaufleute in den Dörfern der deutschen Sprache mächtig und gewillt, sich derselben gegenüber den oft hilflosen Forstkommissären zu bedienen.

In der Absicht, das meilenweite, gutbestockte Waldgebirge von Jelenska gornja (oberer Hirschberg) „auf Forstinspektion" zu durchwandern, stapfte der Kommissär Günter, ein Deutschösterreicher, mit leerem Ränzel und wenigen Brocken der kroatischen Sprache durch das flache Vorland. Der Schritt wurde beschleunigt, als der Beamte gewahrte, daß ihm aus den Waldbergen ein dräuendes Gewitter entgegenkam, Wolken mit allen Anzeichen auf Hagel.

Wollte Herr Günter nicht vom Hagelsturm überrascht werden, mußte der Forstkommissär ein schützend Dach, Unterkunft für etliche Stunden finden. Schutz konnte im nächsten Dorfe Osekovo nur das Pfarrhaus bieten. In der elenden Gastwirtschaft war außer Slibowitz nichts zu haben, der Aufenthalt unmöglich.

Die höfliche Bitte um gütige Erweisung von Gastfreundschaft erfüllte der Pfarrer, ein katholischer Kroate, sofort in aller südslavischen Liebenswürdigkeit, aber verblüffend eilig und wortkarg. Dem Gaste wurden Wein, Käse und Brot auf den Tisch im Wohnzimmer gestellt; dazu sprach der erregte Župnik (Pfarrer): „Bitte, zugreifen! Gesellschaft kann ich nicht leisten! Muß Hagel beobachten, Wetter läuten lassen!" Und weg war er. Der Kommissär stärkte sich, trat dann an das Fenster und harrte des Losbruches des Hagelsturmes.

Windpurren, heftiges Sausen in den Lüften, atembeklemmender Druck, böige
Stöße; doch kein Tropfen, nicht ein Hagelkorn entfiel dem schweren
Gewölk, das weiter in das Vorland trieb und etwa zwei Stunden von
Osekovo niederging.

Von dem Augenblick an, da für das Dorf und die Felder von Osekovo die Gefahr des Hagelschlages gewichen schien, verstummte das Gewimmer aus dem Glockenturm. In das Wohnzimmer trat der Župnik, rieb sich vergnügt die Hände, schenkte die Gläser voll und hieß den Gast willkommen im Pfarrhause. Nach der Landessitte wurden die Bilikumgläser (Willkommenswein) auf einen Schluck geleert und sogleich wieder gefüllt. Die sonst übliche Feierlichkeit der Überreichung von Salz, Brot und Hausschlüssel auf einer Tablette ließ der Župnik weg; er war zu sehr erfüllt von dem Frohgefühl, daß die Hagelwolken diesmal unschädlich über die Fluren von Osekovo hinweggegangen waren. „Gut für die Parochianen, gut für mich!"

„Sind Hochwürden mit Ökonomie ,gesegnet!'" fragte der Kommissär.

„Gottlob nicht! Bin jedoch an jedem gnädigen Unterbleiben von
Hagelschlag finanziell interessiert!"

„Wieso?"

„Wenn es in und um Osekovo *nicht* hagelt, das Unwetter in
— *anderen*
Pfarrbezirken niedergeht, bekomme ich über den Zehent hinaus von jedem
Osekovo-Bauern in Getreide die *Hagelgratifikation*! Auf deutsch:
,Tempestasdotation'!" Der Pfarrer blinzelte luftig, ermunterte zum
Trinken und leerte sein Glas.

Der Kommissär ereiferte sich gegen Aberglauben und Unsinn. Zumal doch der Pfarrer wahrhaftig nichts dafür könne, wenn es hagelt, oder wenn die Gefahr weiterzieht.

Der Župnik nickte. „*So* hab' ich früher auch geredet, sogar einmal von der Kanzel aus gegen die unsinnige Behauptung polemisiert, daß der Pfarrer, wie dies die Bauern glauben,

68

Hagel machen und Hagel vertreiben könne. Ich tu's nicht wieder! Kein Wort sag' ich dagegen bis an mein Lebensende!"

„Warum?"

„Nach jener Predigt kam ein Bauer, einer der Starosten (Dorfältesten) zu mir und sagte: ‚Sehr schöne Predigt, aber nicht für mich! Denn ich habe Hochwürden im Chorrock und mit Stola schon oft in den — Wolken gesehen, wie Sie den — Hagel verteilten! Kein Mensch weiß, wie der Hagel entsteht; Sie haben von der Kanzel erzählt, wie der Hagel — gemacht wird! Also nütze das Leugnen nichts, daß Sie großen Einfluß haben.' — Darauf habe ich, der Župnik, versucht, dem Starost diesen Irrglauben auszureden. Der Starost aber erklärte. ‚Kein Unsinn! Von den Bauern wäre es nur dann *dumm*, wenn sie einem Župnik, der den Hagel *nicht* wegschicken kann, weiterhin die Tempestasdotation, die Hagelgratifikation in Getreide, extrig zahlen würden!' — Daraufhin habe ich, der schlecht bezahlte Pfarrer, die Bauern doch lieber auf ihrer für mich wohltätigen Meinung gelassen."

„Begreifliche Unterlassungssünde! Aber doch Versündigung gegen die eigene Überzeugung!"

Der Pfarrer blinzelte und sprach: „Der Herr sind Waldschätzungskommissär! Arbeiten Sie ein Jahr auf Forstinspektion in Kroatien, dann kommen Sie wieder nach Osekovo und bringen Sie Ihre sämtlichen Sünden gegen die Überzeugung mit! Na zdravje! (Zur Gesundheit!) — Grüßen der Herr, falls Sie in Jelenska gornja nächtigen, meinen Amtsbruder, der als — , ‚Wald'pfarrer oft Hagel hat! Der Kollege wird unter Tempestasdotation für — Hagel_versendung_, für Schutz seiner eigenen Gemeinde mitten im Wald, *nicht* zu ‚leiden' haben! Haha!"

Kommissär Günter mußte einen Happen Schinken essen, noch einen Krug Wein leeren zu Ehren der kroatischen Gastfreundschaft, die immer ihr Bestes, zuweilen sogar das letzte gibt mit einer Bereitwilligkeit, die zu Herzen geht und Ablehnung ausschließt.

Dann setzte Herr Günter die Wanderung fort. Spät erreichte er das
Walddorf Jelenska gornja, wo der Kommissär erst recht auf die
Gastfreundschaft des Pfarrers wegen der Nächtigung angewiesen war.

Eiskörner auf dem Weg und auf den wenigen Feldern brachten das Gespräch mit dem Župnik von Osekovo sofort in lebhafte Erinnerung. Und schwer fiel die Bitte um Aufnahme ins Pfarrhaus für die Nacht.

Doch der Pfarrer von Jelenska gornja ließ von Verdruß oder übler Laune nichts merken, hieß den Gast herzlich willkommen und reichte das Bilikum mit aller feierlichen Umständlichkeit und einer Ansprache, die in der Bitte ausklang, oft und zu jeder beliebigen Stunde bei Tag oder Nacht einzukehren in dem Hause, das von diesem Augenblick an Eigentum des Gastes sei.

Was das Haus, das einsame Dorf im weiten Forst bieten konnte, wurde
freudig gegeben. Fröhlich war die Unterhaltung bei erstaunlich gutem
Wein. Vom Hagelschlag wurde kein Wort gesprochen, hingegen von der
Notwendigkeit ausreichender Versorgung mit Lebensmitteln, da auf viele
Meilen ringsum nichts zu haben sei....

Mit Sitte und Brauch in katholischen Pfarrhäusern vertraut, wollte der Forstkommissär frühmorgens der vom Pfarrer zelebrierten Messe im Kirchlein beiwohnen und dadurch den Hausherrn gebührend ehren. Vergebens wartete Günter in seiner Stube auf das „Zusammenläuten" aller Glocken als Zeichen für den Beginn des Gottesdienstes. Die Glocken blieben stumm.

Um etliche Minuten verspätet kam der Beamte in die Kirche.

Hinterdrein beim Frühstück im Pfarrhause fragte Günter, warum das allerorten übliche „Zusammenläuten" unterblieben sei.

Der Župnik lachte. „Strickmangel!"

„Was? Keine Stricke an den Glocken? Warum?"

„*Abgerissen* von den erbosten Bauern!"

„Abgerissen? Weshalb denn?"

„Weil der Župnik den *Hagel nicht rechtzeitig* nach Osekovo hinausdirigiert hat!"

„O weh! Dann ist's heuer mit der — Tempestasdotation nichts!"

„Stimmt! — Keine Sorge, Herr Forstkommissär! Ihr Ränzel wird deshalb doch mit Proviant gefüllt!"

So war es auch. Reichlich versorgt trat Günter seinen Marsch an. Und an einer vereinbarten Stelle, weit vom Dorfe entfernt, traf er mit dem dorthin bestellten Waldhüter zusammen, so daß der mühereiche Dienst begonnen werden konnte. Tagsüber Arbeit für Kopf und Füße, Nächtigung in einer Rindenhütte. Wie wohl tat da die Atzung als Spende des Waldpfarrers, der des Hagelschlages wegen bei seinen erbitterten Bauern in — Ungnade gefallen war!

Schmunzeln mußte der Beamte, so er der bäuerlichen — Rachetat gedachte: die Agrikel rissen die Stränge ab, weil die Glocken „unter Führung des Župniks" den — Hagel nicht verjagt hatten....

Der Dienst führte den Kommissär Günter auch in das — „griechische
Waldmeer". So wurde ein Forst in der Ausdehnung von über 30000 Joch
(rund 12900 ha) aus dem Grunde in Fachkreisen benannt, weil er von
Kroaten griechisch-orthodoxer Religion in geringer Zahl besiedelt war.

Wer von der Beamtenschaft erstmals eine Kommissionsreise in dieses Gebiet, „Gorievica" (Gorievitza) genannt, unternehmen mußte, erhielt von den gewitzigten Kollegen stets ein Bündel von Ratschlägen und Warnungen in einer Form, die an dicke Übertreibungen gemahnte und zum Lachen reizte. So besagte eine Schilderung aus dem Munde eines alten Forstbeamten. Im „griechischen Waldmeer" wohnen die faulsten Menschen Europas, das Walddorf Jesenaš hat zwar einen Popen, doch das Beten lehrt die „Griechen" der — jüdische Krämer, der ihre Steuern bezahlt, für alles sorgt, was die Dörfler zum Leben brauchen; der die ständig drohende Hungersnot verhindert, der, kurz gesagt, der „Herrgott" von Jesenaš ist und dies mit Zustimmung des — Popen.

Zu dieser „handgreiflichen" Übertreibung lachte Forstkommissär Günter, daß ihm das Wasser aus den Augen tropfte, und nicht ein Wort davon glaubte er.

Vor Beginn der Dienstreise wurde der Oberwaldhüter Kuster
in Samarica
(Samaritza), einem Dorfe am Fuße des gebirgigen
Waldmeeres, vom
Eintreffen des Kommissärs benachrichtigt und beauftragt,
alles Weitere
zur Verständigung von Förstern, Waldhütern und wegen
Unterkunft in den
Walddörfern zu veranlassen.

Im Wagen verließ Forstkommissär Günter seinen Wohnort
(Sitz der Vizegespanschaft), fuhr einen Tag lang, bis der
Rosselenker erklärte, auf der schlechten Straße nicht
weiterfahren zu können. Auf dem Rücken eines
Bauernpferdes, ohne Sattel, wurde die Dienstreise
fortgesetzt, bis der Besitzer des Gauls versicherte, er sei nun
müde genug. Zu Fuß „reiste" der Beamte weiter und
erreichte abends das ziemlich große Dorf Samarica. Die
aufgestellten „Ausspekulierer" (jugendliche Späheposten)
meldeten die Ankunft rechtzeitig, so daß der einsame,
krachmüde Wanderer mit — Glockengeläute begrüßt wurde.

Ob dieses seltsamen Empfanges höchlich erstaunt, fragte
Günter den alten
Waldhüter Kuster, wie denn ein Forstbeamter dazu komme,
mit —
Glockengeläute begrüßt zu werden. Glockenklang gebühre
doch dem
einziehenden Bischof oder Archimandriten.

Kuster schüttelte das graue Haupt. „O, Gospodin! Der
Archimandrit kommt nie nach Samarica, ein Herr von der
Gespanschaft in fünfzig Jahren einmal, ein Forstbeamter
sehr selten! Also ist die Ankunft Euer Hochwohlgeboren ein
großes Fest, das gebührend gefeiert werden muß! Gott segne
Ihren Einzug in Samarica und in meine hochbeglückte

Hütte!"

In Günter stieg etwas wie eine Ahnung auf, daß die
Schilderungen der
Kollegen vielleicht doch nicht so arg — übertrieben sein
könnten.

Der Kommissär mußte im Hause des Oberwaldhüters
wohnen; die Unterkunft war nicht schlecht. Als Atzung in
der Stube zu ebener Erde, wo Günter, von Kuster bedient,
allein speisen mußte, gab es gebratenen Buran (Puter) in
einem wahrhaft riesigen Exemplar, bei dessen Anblick der
Kommissär die Hände zusammenschlug und dann dem
Hausherrn Vorwürfe wegen solcher Auslagen machte.

Kuster verneigte sich ehrerbietig und beteuerte, auf „seine
Rechnung" schon zu kommen. Der Buran aber sei
unbedingt nötig; erstens, damit der gnädige Herr unter
allen Umständen satt werde; zweitens, weil der Buran
morgen ein — Bošpor[9] sein müsse.

Auf eine nähere Schilderung ließ sich der Hauswirt nicht
ein, widmete vielmehr alle seine Aufmerksamkeit den
Vorbereitungen zum Bilikum. Salz, Brot und ein ganzer
Schlüsselbund lagen bereits auf einer Kupferplatte; dann
wurde ein Glaspokal gefüllt, der mindestens eine —
Kaisermaß (etwa anderthalb Liter) fassen mochte. Während
des Essens schielte der Kommissär in wachsender Angst
nach diesem „Becherchen", das nach südslavischem Brauch
vom Gaste auf einen Zug bis zum letzten Tropfen geleert
werden mußte.

Nach Beendigung dieser Vorbereitungen zum Bilikum stellte
sich der Alte wieder demütig hinter den Stuhl des Gastes,
bat um das Zugreifen, reichte auch die Schüsseln wieder, bot
Dunstobst und Salat an, der im dunkelgrünen Öl der

Sonnblumenkerne schwamm. „Wollen Euer Gnaden sich geneigtest versorgen! Wir haben nur diesen Buran und sonst nichts für die Nacht! Der Waldhüter ist nicht der Bischof von Djakovar!"

Zur Ablenkung suchte Günter ein forstliches Gespräch in Gang zu bringen. Auch war ihm lästig, daß der Alte stets demütig hinter dem Stuhle stand und Lakaiendienst versah.

„Bitte gehorsamst! Zu Dienstgesprächen geben die nächsten drei Wochen auf der Gorievica reichlich Gelegenheit! Heut' ist Festtag für meine Hütte!"

„Was? Drei Wochen?" Den Forstkommissär hatte der Schrecken herumgerissen. „Drei Wochen Walddienst ohne Unterkunft? Darauf bin ich nicht vorbereitet! Für Biwakieren nicht im geringsten ausgerüstet! Irren Sie sich denn nicht, Kuster?"

Bescheiden klang die Erwiderung. „Bei der Aufforstung des vorderen Teiles der Gorievica hab' ich als Lehrling mitgeholfen; jetzt bin ich siebzig Jahre alt, Euer Hochwohlgeboren untertänigst zu dienen! Bitt' ich gehorsamst: noch ein Stückchen! Vielleicht von der Grlina (Hals), wo ist schön fett und wird machen morgen leichtes Steigen! Ein Schluck Slibowitz dazu, schmeckt sehr gut!"

Günter konnte nicht mehr essen; er war satt zum Platzen.

Nun bat der Hauswirt, dem hohen Gaste das Bilikum reichen zu dürfen.

Während etliche Wachskerzen angezündet wurden, traten zwei Waldhüter in die Stube, verneigten sich vor dem Kommissär, meldeten sich aber nicht, stellten sich am unteren Ende des Tisches auf und standen militärisch stramm.

Kuster hielt eine feierliche Willkommrede und reichte dem Gast die
Platte.

Der Forstkommissär dankte, ergriff den schweren Pokal und begann zu schlucken.

In diesem Augenblick erklangen die kleinen Glocken der Kapelle neben dem Waldwärterhause. Dieses Signal wurde von den großen Glocken der Kirche in Samarica übernommen, so daß feierliches Geläute der Bevölkerung ankündigte, daß der zu Besuch erschienene Forstkommissär soeben beim Oberwaldwärter Kuster das Bilikum trinke.

Keinen Ton davon hörte Günter, der mit dem Mut der Verzweiflung gegen die Unmenge Wein kämpfte, die hinuntergegossen werden mußte. Mit zwei winzigen Unterbrechungen zum Atemholen gelang es, den Pokal zu leeren. Auf die Nagelprobe des letzten Tropfens ließ es der Kommissär freilich nicht ankommen.

Dank und Händedruck. Mit einem Blick auf die beiden stramm stehenden
Waldwärter am Tischende meinte der Kommissär. „Wohl unsere Begleiter?"

„Gehorsamst zu dienen, Gospodin, *nein*! *Heute* sind die beiden die
Stolfunktionäre!"

„Was sind sie?"

„Stolfunktionäre, Stol ist gleich Tisch! Zu Ehren des hohen Gastes bin ich der untertänigste stolaravnatelj das ist der Tischdirektor oder Rektor; der kleine Tune, der Anton, ist der fiskus mein Stellvertreter; hingegen der große schwarze Gliša (Gregor) wird sein beschäftigungslos in seinem

Tischamt! Gehorsamst aufzuwarten!"

Zunächst erkannte der Kommissär die Notwendigkeit, einen Trinkspruch auf den Hausherrn auszubringen.

Große Freude darüber, die auch nach — außen hin kundgegeben wurde, indem der jüngste Sohn des Hausherrn abermals die Glocken der Kapelle erklingen ließ.

Dann bat der „Fiskus" um die hohe Ehre, ein Glas auf das Wohl des Herrn Forstkommissärs leeren zu dürfen. Gläserklingen, Glockenhall hinaus in die stille Nacht.

Günter wollte nun den andern Waldwärter ermuntern, sich mit einem Glase
Wein an der Tafelfreude zu beteiligen.

Doch erschreckt, wiewohl geehrt und freudeglänzend, wehrte Gliša ab mit den Worten. „Nicht möglich!"

„Warum? Ist Er denn abstinent oder Türke, der Wein nicht trinken darf?"

Dem befragten Waldwärter rutschte die Wahrheit heraus, die nicht gesagt werden sollte „Jesam vunbačitelj!"[10]

Im Antlitz Kusters spiegelten sich Angst und Zorn; die Blicke kündeten Rache. Um wenigstens für den Augenblick lästiger Fragerei zu entrinnen, holte Kuster „besseren" Wein. Die zwei anderen, dienstlich stramm am Tische stehenden „Funktionäre" begriffen die Situation völlig und verstanden jetzt nicht mehr — Deutsch.

Forstkommissär Günter hatte vom Bilikum her zuviel Wein im Leibe, der ungewohnte Alkohol wirkte, machte eigensinnig und hartnäckig; justament wollte der Oberbeamte die wahrheitsgetreue Übersetzung des Wortes

77

haben, das den Hausherrn offensichtlich in Verlegenheit
und Zorn gebracht hatte und das zweifellos dem Gaste
verheimlicht werden sollte.

Dem zurückgekehrten Kuster wurde scharf zugesetzt. Doch
den Kroaten war der Kommissär weder mit der
Mundfertigkeit noch mit der Trinkfähigkeit gewachsen.
Günter hatte schließlich den — Zungenschlag, die
Übersetzung aber nicht. Und den „Kampf" mußte er
aufgeben, sein Zimmer aufsuchen....

Das „Katergericht", der „Bošpor", wartete vergebens auf den
Gast. Günter hatte seinen Willen durchgesetzt, trotz aller
„Verkaterung" frühmorgens den Dienstmarsch angetreten.
Kuster mußte mit, das Sträuben und Zureden nützte nichts.

Wie sich alle „Pressiererei" auf Erden rächt, so blieb auch
der überstürzte Abmarsch von Samarica nicht ohne Folgen,
indem Kuster der Eile wegen mit — *leerer* Torba (Tragsack)
die Führung übernahm, der Kommissär etliche Stunden
später schwer unter Hunger und Durst litt und obendrein
keinen Wunsch, keine Klage äußern durfte.

Die Waldhüter aus Samarica kamen nach, selbstverständlich
mit leeren Händen; etliche Förster stießen zu; die
Dienstgeschäfte der Waldeinschätzung begannen und
währten bis zum späten Abend. Als pflichteifriger Beamter
vergaß Günter während der Dienstausübung auf alle
Bedürfnisse.

Aber als die Notizbücher, Rechenbehelfe und Instrumente
verstaut waren,
Dämmerung den weiten Forst erfüllte, fragte der Kommissär
doch nach
Unterkunft und Atzung.

Wenig erbaulich, doch gelassen klang die Auskunft Kusters, daß nach etwa zwei Marschstunden das mitten im Wald gelegene Dorf Jesenaš zu erreichen sei.

„Mit Gasthaus?"

„Nein!"

„Kann man nächtigen?"

„Ja!"

„Bei wem?"

„Beim ‚jüdischen Herrgott'!"

Kleinlaut sprach Kommissär Günter. „Gehen wir!" Nie im Leben hatte er sich bisher so wehrlos und in den Händen fremder Leute gefühlt als jetzt. Und bruchstückweise kamen die von den alten Forstbeamten erteilten Ratschläge und Wahrnehmungen in fatale Erinnerung, so daß Günter auf dem nächtlichen Marsche wegen Verpflegung usw. auch noch kleinmütig wurde. Schon aus Gründen der Autorität wollte er nicht weiter fragen. Ärgerlich genug war es, daß die Fragen so locker auf der vertrockneten Zunge saßen und gewaltsam hinuntergewürgt werden mußten.

Endlich, eine Stunde vor Mitternacht, wurde das verwahrloste Walddorf
Jesenaš erreicht. Die Totenruhe unterbrochen von Hundegebell.

Die Waldhüter klopften den „jüdischen Herrgott" mit einer Selbstverständlichkeit aus dem Schlafe, die den Kommissär aufs höchste verblüffte. Und einer der Förster machte dem erschreckten Dorfkrämer in kaum verständlichem Deutsch klar, daß sofort für acht Personen Pfannenschnitzel mit

Erdäpfel, große Portionen, zubereitet, Nachtquartier beschafft, für den gnädigen Herrn Forstkommissär ein eigenes Zimmer mit frischüberzogenem Bett und ohne Wanzen hergerichtet werden müssen. Augenblicklich aber Wein, Käse und Brot. „Brzo, brzo, napried!" (Schnell, schnell, vorwärts!)

Erst in kroatisch-serbischer, dann in deutscher Sprache sicherte der ältliche Dorfkrämer sofortige Erfüllung der Befehle mit höflicher Dienstwilligkeit zu. Weckte Hilfskräfte, machte Licht in der Zechstube hinter dem Kaufladen, öffnete die Haustüre und hieß den gnädigen Herrn Forstkommissär mit untertäniger Ansprache willkommen im freilich unvorbereiteten Hause, weshalb um Nachsicht gebeten wurde. Alles gesprochen nun mit der Ruhe der Selbstverständlichkeit, gepaart mit Hochschätzung des Gastes.

Kaum waren in der Zechstube die Gäste mit Wein und Brot nebst Käse versorgt, verschwand der „Herrgott".

Verhältnismäßig sauber gehalten die „Stube", der Wein nicht schwer, doch überraschend gut. Kommissär Günter staunte über den Empfang, besonders über die Gelassenheit des Krämers und Wirtes.

Oberwaldhüter Kuster hatte allen Ärger verwunden und gab nun Auskunft, daß der „Jude von Jesenaš" an Einquartierung von Forstleuten gewöhnt, sein Haus auf Meilen in der Runde die einzig mögliche Unterkunft sei. „Der *größte Gauner* von Kroatien, aber ein *anständiger Mensch*!" Die Förster sowie die Waldhüter stimmten bei.

An dem Ausspruch Kusters kaute der Forstkommissär, bis der Krämer mit weißer Schürze vor dem Kaftan zunächst für den Forstoberbeamten das Essen brachte: eine riesige

Portion „Naturschnitzel" von Rind, mit fettriefenden Schmorkartoffeln hochgegupft auf einem zweiten Teller. Dieser Anblick machte den ausgehungerten Kommissär sprachlos. Das Staunen wuchs, als die übrigen Gäste gleichgroße Portionen erhielten.

Die Frage, wie hoch im Preise solche Mengen üppiger Nahrung in weltentlegener Waldeinsamkeit bei wahrscheinlich enormen Bringungskosten stehen werden, sprach Günter nicht aus, machte sich aber auf eine „gepfefferte" Rechnung um so mehr gefaßt, als der Wirt doch vielverschrien war.

Auch mit dem Zimmer konnte Günter zufrieden sein.

Der Dienst schuf die Tagesordnung: Morgens Frühstück im Krämerhause, spätabends die Atzung.

Acht Tage hindurch. Und jeden Abend in erstaunlichen riesenhaften
Portionen Rindschnitzel mit gerösteten Erdäpfeln. Abwechslung unmöglich.

Wegen dieser „Eintönigkeit" in der Verpflegung fragte Günter den Adlatus im Walddienst nach der Ursache.

„Was wir essen, stammt von — *Notschlachtung*!" erwiderte untertänig, doch listig blinzelnd der alte Oberwaldhüter Kuster.

„*Not — schlach — tung*?!" Sehr gedehnt und in drei Teilen kam dieses Wort aus Günters Munde.

„Zu dienen, Gospodin! *Notschlachtung*! Aber das Rind war ganz gesund!"

„Wie? Was? Notschlachtung erfolgt doch nur, wenn ein

Stück Vieh Beinbruch erlitt oder Lebensgefahr vorhanden
war! Um vom Fleisch noch etwas zu retten, wird —
Notschlachtung vorgenommen! In — Europa!"

„In Österreich, Euer Hochwohlgeboren zu dienen! In
Kroatien, wenigstens in unseren Waldbezirken, wird Vieh aus
— *anderer* Not geschlachtet."

„Welche — Not kann das sein?"

„Die — *Not* entsteht durch den *Eigentümer* des Viehstückes
oder durch die *Gendarmen....*"

Günter starrte den alten Waldhüter mit weitaufgerissenen
Augen und offenstehendem Mund an.

„So ist es, Gospodin! Euer Hochwohlgeboren werden leicht
und rasch verstehen, wenn ich sage: Die durch Verrat
heraufbeschworene Entdeckungsgefahr zwingt zur —
Notschlachtung im Wald. Suchen der Viehbesitzer, dem ein
Stück abhanden kam, oder die von Verrätern verständigten
Gendarmen nach dem angeblich gestohlenen Rind oder
nach der verschwundenen Kuh, *so muß das Stück sofort im
Walde geschlachtet, müssen die größeren und besseren Teile in
größter Eile — verschleppt werden! — Das Stück ist immer —
gesund!* Was — Notschlachtung ist, wissen jetzt Herr
Kommissär."

„Ja, danke für die interessante Aufklärung. Können Sie
sagen, wie man *hierzulande ein Stück Vieh — stiehlt?*"

„Aus eigener Praxis nicht, gnädiger Herr! Aber wie andere
Leute sich ein Stück Vieh ‚verschaffen', das kann man
überall hören; es ist das kein Geheimnis. Auch die
Gendarmen wissen alles, kommen jedoch immer zu spät, das
heißt, wenn die Notschlachtung schon vorüber, das zerteilte

Stück bereits verschwunden ist. — Auf *normale* Weise wird ein Stück Vieh, meist Kuh, mit Hilfe eines *erschwindelten* Viehpasses gestohlen. Zunächst ist das Wichtigste, von dem Viehstück die Farbe oder besondere Kennzeichen ‚auszuspekulieren'; je gewöhnlicher und regelmäßiger Farbe und sonstiges Aussehen sind, desto leichter gelingt die Sache. Weiß man über das Aussehen genau Bescheid, so geht man auf den Viehmarkt, sucht ein möglichst ähnliches Stück und läßt sich in Kaufunterhandlung ein. Man leistet eine Anzahlung von zwei bis drei Gulden, die sogenannte ‚Likova'[11], borgt vom Verkäufer den amtlich gestempelten ‚Viehpaß' aus, der die Beschreibung des Viehstückes und die Verkaufserlaubnis enthält, und bittet den Viehbesitzer um etwas Geduld, da man auf dem Markt noch etliche Stück Vieh ansehen und kaufen wolle. Hat der Viehbesitzer noch keine schlimmen Erfahrungen gemacht, so gibt er den ‚Paß' her und sieht ihn im Leben nicht wieder. Mit dem ‚Paß' verschwindet ‚man', und jetzt erst wird der Diebstahl eingeleitet. Der ‚Paß' hat nur den Zweck, den ‚Besitz' des *gestohlenen* Viehstückes auszuweisen, wenn man dieses auf dem nächsten Viehmarkt *verkaufen*, also Bargeld erzielen will. Mißlingt die Verbringung des gestohlenen Viehstückes zum Markt, tritt Verfolgungsgefahr ein, kommen die Gendarmen dazwischen, so erfolgt die erwähnte *Notschlachtung*, damit von dem gestohlenen Viehstück gerettet werde, was in der Eile geborgen werden kann...."

Der Forstkommissär lachte. „Wer mag wohl den schlauen Trick ersonnen haben? Den Bauern ist er nicht zuzutrauen!"

In seiner demütigen Weise sprach Kuster: „Sehr richtig geurteilt, gnädiger Herr! Alle Intelligenz stammt von unserem — Hauswirt! Er ersann den Trick, damit die Waldgriechen und natürlich er selbst öfter zu — Fleisch kommen. Für die Ausführung seiner Pläne haben die Waldgriechen alle Schlauheit; sie werden fast nie erwischt, und da sie sonst sehr faul sind, die mühsame und gefährliche Verbringung gestohlenen Viehes zu Markt scheuen, frisches Fleisch lieben, so erfolgt auf einen Viehdiebstahl sehr oft, fast regelmäßig die Notschlachtung."

„Ja, wenn das alles die Gendarmen wissen, warum erfolgt denn beim — Krämer keine Haussuchung? Das Vorhandensein größeren Fleischvorrates beim Dorfkrämer mitten im Forst ist doch stets verdächtig, Nachweis über rechtschaffenen Erwerb unmöglich! Warum wird nicht nachgesucht?"

„Halten zu Gnaden, Herr Kommissär? Würden die Gendarmen bei unserem Hauswirt nur ein einziges Mal nach unrechtmäßigem Fleischbesitz — schnüffeln, so bekommen sie zeitlebens in Jesenaš — *nichts mehr zu essen*! Der Hunger tut aber auch den Gendarmen weh im großen Forst, wo auf Meilen im Umkreise nichts, gar nichts zu haben ist...."

„Na, schön! Und die Waldhüter und die Förster?"

„Sie müssen aus gleichen Gründen schweigen und zum schlauen Krämer halten, der für alle und für alles sorgt. Er ist ein ‚*anständiger Gauner*', denn er nimmt von uns sehr wenig Geld. Er ist unser — *Wohltäter*! Er ist auch der Wohltäter der Gendarmen, überhaupt der gesamten Bevölkerung auf der ganzen Gorievica. Das ,*Glück*' im Waldmeer ist er, denn er sorgt für alle und für alles!"

„Was sagen denn die Behörden zu diesem — Skandal?"

„Euer Hochwohlgeboren wollen gnädigst bedenken: das Fiskalat hat keine Ursache, sich dreinzumischen, denn der Krämer von Jesenaš bezahlt für die Bevölkerung der Gorievica gewissenhaft die — *Steuern*!"

„Die Gespanschaft..."

„... bekommt Gendarmenberichte, die zu den Akten genommen werden. Da in den wenigen Walddörfern Gendarmen nicht stationiert sind, nicht untergebracht werden können, haben Inspektoren in den Walddörfern nichts zu tun."

„Aber die Popen?"

„Sind sehr dankbar, wenn sie für wenig Geld viel frisches Fleisch bekommen, außerhalb der langen Fastenzeit der Griechen! Es ist schön und ehrenwert, daß die Griechen die Abstinenz genau einhalten, vierzig Tage hungern, nur am Abend etwas von den getrockneten Fischen essen, die der Krämer bündelweise aus Ungarn bezieht und auf — Pump verabreicht! Abrechnung erfolgt später: Fleisch für Fische!"

„Zum Kuckuck! Es gibt doch Gerichte auch in Kroatien!"

Kuster verbeugte sich und sprach demütig. „Gnädiger Herr! Wo kein
Kläger, ist auch kein Richter! Vor Jahren weilte ein Untersuchungsrichter auf Grund einer Gendarmerieanzeige in Jesenaš: die

Kommission zog schon am zweiten Tage erfolglos und arg hungrig ab; der
Krämer hatte *nichts Eßbares* im Hause. Sogar der Richter hatte
vergeblich in Keller und Speicher gesucht!"

Darauf verstummte Kommissär Günther. Seine Neugierde richtete sich auf die — Rechnung.

Der „Herrgott" von Jesenaš weigerte sich, einen geschriebenen Beleg zu geben. Untertänig erklärte er, daß der gnädige Herr Forstkommissär achtmal für Wohnung samt Bedienung und Licht, für Frühstück (Kaffee mit Milch, Brot, Honig und Eiern) sowie für das Abendessen (Fleisch mit Kartoffeln) zusammen täglich — *dreißig Kreuzer*[12] zu zahlen habe. Für *Wein* täglich *zwölf* Kreuzer „extra"....

Kommissär Günter traute seinen Ohren nicht und riß vor Staunen weit die
Augen auf.

Erschreckt, das Staunen irrig deutend, bat der Krämer unter Verbeugungen um Verzeihung, verwünschte seine Gedächtnisschwäche, die ihm einen üblen Streich gespielt, und feierlich erklärte er, daß der Tagespreis ohne Wein — *zwanzig* Kreuzer betrage!!! Am Wein hingegen könne er beim besten Willen nichts nachlassen, da nur der Selbstkostenpreis berechnet worden sei.

Mit Mühe setzte Günter dem achtenswerten Krämer auseinander, daß der Preis von täglich dreißig Kreuzern wahrhaftig nicht als zu hoch erachtet würde. Der Kommissär wollte diesen Betrag bezahlen, aber der Hauswirt verweigerte die Annahme des Betrages über den Pensionspreis von zwanzig Kreuzern hinaus. Ebenso lehnten die Dienstboten die Annahme irgendeiner

Belohnung ab.

Die Förster hatten fünfzehn Kreuzer täglich zu zahlen, die
Waldhüter nichts....

Auf dem Rückmarsch hatte Forstkommissär Günter ein
sonderbares Summen im
Ohr; immer klangen gedämpft die Worte. „Größter Gauner,
anständiger
Mensch!" über den Widerspruch ärgerte sich Günter
schändlich. Und einen
Seelenkampf kostete es, schlüssig zu werden über die Frage,
ob, wie alle
anderen Menschen, die in Jesenaš zu tun hatten und haben
werden, auch
Forstkommissär Günter die Tatsachen hinnehmen und sich
nicht weiter den
Kopfzerbrechen solle....

Der Seelenkampf war entschieden, als Günter seinen
Dienstwohnsitz erreichte. Entschieden mit dem Satze. „Ich
bin Forstmann in Kroatien und nicht — Kaminfeger! Denn
nur der ‚Schwarze' kratzt, was ihn nicht beißt!"

Im übrigen ahmte er das Beispiel der alten Amtskollegen
nach, gab die gleiche Schilderung von den Verhältnissen auf
der Gorievica und ließ sich von Ungläubigen ins Gesicht
lachen. Solange Günter — Jahre hindurch — auf
kroatischem Boden weilte, wich er jeder Erörterung des
Themas. „Größter Gauner und doch ein anständiger
Mensch" aus. Günter wollte über den Krämer von Jesenaš
keine Witzeleien hören; der Mann hatte während eines
zweiten Aufenthaltes (Schätzungsnachprüfung) seine
Achtung erzwungen, indem der Hebräer — es fehlte an
Fleisch — vom kleinen Mehlvorrat das — letzte Pfund Mehl
willig hergab, um den hilf- und nahrungslosen Beamten zu

versorgen, solange es eben möglich war....

Fußnoten:

[9] Im Kroatischen hat das Wort „Bošpor" die Bedeutung
„übriggebliebener Buran"; im Slowenischen heißt das
gleiche Wort soviel wie Knoblauchrübe. Mit solchen
Rübchen gedämpft, mit Essig gesäuert und gedünstet, gilt in
Kroatien auch heute noch der „übriggebliebene Buran" als
Morgenspeise, die nach feuchtfröhlicher schwerer
Nachtsitzung den „Kater" und alles „Haarweh" totsicher
vertreibt. Von der Rübensorte ging der Name auf den Buran
über. D.V.

[10] Jesam = ich bin, vunbačitelj = Hinauswerfer! —
Hauptsächlich im Zagorje (Westprovinz von Kroatien)
besteht der Brauch, daß drei Personen als Stolaren
fungieren, besonders bei Gastmählern zur Brautschau: der
Tischdirektor, sein Vertreter und der — Hinauswerfer.... Zur
Ehrung eines Gastes müssen die drei Stolaren anwesend
sein, doch wird der vunbačitelj in seiner „amtlichen"
Eigenschaft nicht — vorgestellt. D.V.

[11] Likova in der Bedeutung: vorläufige Abrechnung,
Anzahlung; das slavische Wort bedeutet auch:
Ausgleichung, offizielle Bilanz über gegenseitige
Dienstleistung auf Grund eines Vertrages. Der tüchtigste
Slavist der Gegenwart, Oberstleutnant *Žunkovič*, verweist auf
das deutsche Wort „*Leihkauf*", das ein mißverstandener
Begriff und aus dem slavischen Worte entstanden ist.
Tatsächlich hat „Leihkauf", „etwas zum Leihen kaufen",
keinen Sinn.

[12] österreichische Währung bis 1885. In diesem Jahre
wurde die neue Kronenwährung (zwei Kronen gleich dem

alten Gulden) eingeführt und in ganz Österreich und
Ungarn längere Zeit hindurch — nicht beachtet....

Feuerstein und Schwefelfaden

In folge des Schönbrunner Friedens vom 14. Oktober 1809
war der westliche Teil von Kroatien („Illyrisch-Kroatien")
französisch geworden. Vier Jahre hindurch mußten die an
ganz andere Verhältnisse gewöhnten „okkupierten" Kroaten
die französische Herrschaft und Verwaltungskunst ertragen;
sie durften wohl seufzen, die Faust aber nur im Sack
machen. Es gab jedoch auch Lichtseiten, indem in manche
Dinge von den Franzosen Ordnung gebracht wurde, die
Besatzungstruppen sich im großen und ganzen anständig
benahmen. Für die Heiterkeit der Kroaten sorgte die
französische — Duellwut, die den Kroaten etwas ganz
Neues und Urkomisches war und Orgien feiern konnte, da
der kroatische Wein gut, spottbillig und zur Aufstachelung
der Zweikampfslust nachtsüber sehr geeignet war. Weniger
komisch wurde die vom Marschall Marmont auferlegte und
sehr tatkräftig eingehobene Zwangsanleihe befunden.
Solchen Aderlaß bekam der kroatische Adel empfindlich zu
spüren, weshalb just in Gutsbesitzerkreisen die früher
üblich gewesene Liebäugelei in das Gegenteil umschlug, als
man die verhimmelten Franzosen als Herren im Lande hatte.

Neu war den Kroaten auch der Zwang, vor der kirchlichen
Trauung die staatliche Zivilehe auf dem französischen
Standesamte zu schließen. Den farbenfreudigen Südslaven
gefiel die Trikolore Frankreichs als Amtsschärpe der
Bürgermeister, da selbe die Farben Kroatiens, freilich in
anderer Zusammenstellung, aufwies. Der Klerus, der
französischen Herrschaft durchaus abgeneigt, unterließ

wohl aus Gründen der Klugheit den Widerstand gegen die aufgenötigte Zivilehe. Es war überhaupt nichts zu wollen, gegen die Zwingwirtschaft nicht aufzukommen; bis auf ganz kleine Kreise, die mehr oder weniger notgedrungen den Verkehr mit Militär und Beamtenschaft unterhielten, blieben Adel und Geistlichkeit abseits, fügten sich knirschend ins Unvermeidliche, erfuhren von Reibungen nicht viel, da es dazumal keine Zeitungen im Lande gab, der Postverkehr sehr dürftig eingerichtet war, das Briefschreiben nicht zu den Gepflogenheiten des kroatischen Adels gehörte.

So wußte man in „Illyrisch-Kroatien" kein Wort von der Völkerschlacht bei Leipzig, nichts von sonstigen Ereignissen.

Eines Tages früh morgens war in Französisch-Kroatien *kein französischer Soldat mehr zu sehen*: alles in nächtlicher Stille plötzlich abgezogen. Darob großes Erstaunen, Verwunderung. Bevor das Volk aber die Nachricht vom Abzug der „Okkupations"truppen erfuhr, und ehe der Adel sich darüber richtig freuen konnte, wurde amtlich verkündet, daß *Kroatien* nunmehr unter der *„väterlichen" Regierung Österreichs* stehe.

Die Schilderungen der Stimmung in Kroatien wegen dieser Ereignisse gehen weit auseinander, je nachdem der Autor Österreicher, Franzose, Ungar oder Kroat gewesen. Sehr plastisch weiß Dr. von Tkalac (Weber) in seinen „Jugenderinnerungen aus Kroatien" zu erzählen; aber ganz zuverlässig ist dieser vornehme Kroate nicht wegen seiner leidenschaftlichen Parteinahme für den „Westen", und überdies war er zu jener Zeit noch nicht geboren, kannte die Verhältnisse nur aus den Mitteilungen seines Vaters, der wegen des finanziellen Aderlasses ein grimmiger Franzosenhasser war.

Daß das von den Franzosen endlich befreite Volk seinen Bedrückern „grollte" nur deshalb, weil die Besatzungstruppen ohne „klingend Spiel" bei Nacht und Nebel abgezogen waren, glaubt dem Herrn von Tkalac wohl der stärkste Mann von Europa nicht. Er erzählt auch, daß die „grollenden" Bewohner von Karlstadt nach dem Abzug die französischen Adler von den Amtsgebäuden herabrissen, und daß die Leute in die Freimaurerloge eindrangen und dort alles kurz und klein schlugen, die Trümmer aus den Fenstern warfen und auf dem Platze verbrannten. Der Bürgermeister, zugleich „Meister vom Stuhl", habe Widerstand nicht gewagt, weil er wußte, daß die österreichische Regierung die Freimauerei nicht dulden würde.

Österreich regierte „väterlich" absolutistisch auch in Kroatien, wo man an die ungarische Gesetzgebung und Verwaltung schlecht und recht gewohnt war. Kein Wunder, daß den Kroaten gewisse „väterlich-österreichische" „Spezialitäten", wie Stempel- und Registrierungstaxen, Tabak- und Salzmonopol usw., nicht gefielen. Auch die Nichtwiedergewährung der Selbständigkeit der Gemeindeverwaltung nach ungarischen Muster („Autonomie der Munizipien" genannt) paßte den an ungarische Freiheiten und Lässigkeiten gewöhnten Kroaten nicht. Der Wiener Bureaukratenzopf wurde als sehr lästig empfunden. Wegen rücksichtsloser Steuereintreibung ballte das gequälte Volk die Fäuste. Dr. Tkalac erzählt, daß ein nach Karlstadt, dem Hauptsitz der vielen Behörden, gekommener Bauer beim Anblick eines Amtsschildes mit dem österreichischen Doppeladler ausrief. „Der französische Adler hatte nur *einen* Schnabel, wieviel wird nun diese Bestie mit *zwei* Schnäbeln fressen!" Der Ausruf muß von einem „biederen" Landsmann verraten worden sein, da der nicht üble Witz dem Bauer „teuer zu stehen kam". Den aus slovenischen Landesteilen nach Kroatien berufenen österreichischen Beamten wird es nicht möglich gewesen sein, den erwähnten Ausspruch eines Kroaten schlankweg zu verstehen. Tkalac irrte sich mit der Behauptung, daß sich Slovenisch sprechende Beamte mit der kroatischen Bevölkerung „leicht" verständigen konnten. „Leichter" als Deutsch ja, aber nicht leicht; denn der slovenische Dialekt von Kärnten und Krain wird auch heute noch nicht von kroatischen — Bauern verbanden. Man muß das im praktischen Verkehr selbst erprobt haben, um sich ein Urteil darüber erlauben zu können. Beide Dialekte weichen sehr stark von einander ab. Hingegen können sich gebildete Slovenen und Kroaten ziemlich leicht verständigen, wenn sie sich ihrer Idiome dialektfrei bedienen. In jenen Jahren gab es aber im praktischen Verkehr eine reine, dialektfreie Sprache weder bei den Slovenen noch bei den Kroaten.

Zum Zeitalter des übelsten Absolutismus gehörte auch die Gesinnungsschnüffelei, die von den Beamten arg getrieben worden sein mußte, da es zu Aufstand, Verbrennung österreichischer Amtsschilder und gewaltsamer Vertreibung der Beamten, auch der sogenannten Krajnci (Krainer), der slovenisch sprechenden Herren aus den Erbländern, gekommen war. Das Wort „Krajnjac" (Krainer) war gleichbedeutend mit „Beamter" geworden und entfachte den Haß der Kroaten, die, von ungarischer Freiheit in der Selbstverwaltung verwöhnt, gegen die absolutistische „k.k." Bedrückung sich auflehnten. Der Adel und die Bürgerschaft murrten, blieben aber ruhig in der Hoffnung, daß das *„Provisorium" der österreichischen Besetzung* Kroatiens nicht allzulange währen werde. Der Klerus wurde respektiert und hatte deshalb keinen Anlaß zu Klagen.

Das war die Stimmung im Lande während des „Provisoriums" der österreichischen Besetzung.

Im September 1814 begann der Wiener Kongreß, dem wegen der Befreiung vom „k.k. Joche" mit großen Hoffnungen entgegengesehen wurde. Von der Komik der Kongreßvergnügungen drang manche Nachricht auch nach Kroatien. Was aber in der Kaiserstadt komisch wirkte, machte die Kroaten, wenigstens in adeligen Kreisen, — toll. Die Parole: „Morgen wieder lustik" begriffen sie sofort und setzten sie in Wirksamkeit auf Narrenweise und in — Entartung. Wer nach langer Kerkerhaft in die Freiheit gelangt, wird von der vermeintlichen Zügellosigkeit berauscht und wird toll, reif für das Irrenhaus.

Was sich auf kroatischem Boden abspielte, bildete nach Jahrzehnten noch immer den Gesprächsstoff, so daß Dr. von Tkalac (geboren 1822) aus den Erzählungen befreundeter Adeliger, die den tollen Rummel mitgemacht hatten, entsetzensvolle Eindrücke empfing und mit Schaudern darüber schrieb.

Just die sogenannten gebildeten Klassen stürzten sich kopfüber, wie besinnungslos, toll geworden von Zerstreuungswut, in Vergnügungen, die als „Niggerhetzen" selbst auf afrikanischem Boden — Erstaunen erregt haben würden. Der Drang nach Vergnügen um jeden Preis war übermächtig geworden; man wollte sich austoben, gierig, toll, ohne zu denken, daß alles, auch die Vergnügungssucht, Grenzen haben müsse, sinnloser Geldverbrauch zum Ruin führe, jede Entartung sich auf lange Zeit hinaus bitter rächen werde.

Aufgebaut waren diese „Festivitäten" auf der berühmten slavischen Gastfreundschaft, die auch für die Kroaten und Serben nicht nur als Tugend, sondern geradezu als nationale und moralische Pflicht gilt, den slavischen Völkern schon im Kindesalter sozusagen eingeimpft wird. Wer sich dieser Pflicht entzieht, gilt als ehrlos, ist der allgemeinen Verachtung ausgeliefert und wird als ausgestoßen betrachtet. Deshalb ist der Slave, besonders der Südslave, immer bestrebt, Gastfreundschaft, die ihn selbst ehrt, zu erweisen; freudig gibt er sein Bestes und auch sein Letztes, um den Gast zu ehren, und inniger Dank des Gastes bildet für den Slaven Lebensglück.

In jenen Jahren offenbarte sich, daß auch die Gastfreundschaft — entarten kann.

Im Umkreise von mehreren Meilen kennen sich selbstverständlich die Grundbesitzer überall. Gegenseitige Besuche mit ganzer Familie waren von jeher zu gewissen Zeiten oder bei besonderen Anlässen üblich. Zu jagdlichen Veranstaltungen (großen Treibjagden) erschienen nur Herren in großer Anzahl, immer mit eigenem Fuhrwerk und Dienerschaft. Zu Familienfesten jedoch jeweils die Familien mit Kind und Kegel, gesamtem Troß, mitunter sogar mit Tafelzeug, wenn etwa bekannt war, daß wegen übergroßen Andranges von Gästen Mangel an Tischgeräten eintreten konnte. Infolge der plötzlich ausgetretenen Vergnügungswut hielt man sich nicht mehr an die früher üblich gewesene Besuchsansage oder Einladung: man erschien mit gesamter Familie, Dienerschaft, Pferden und Geschirr eines Tages auf dem nächstgelegenen Edelsitz, feierte das Bilikum, blieb mehrere Tage, d. h. bis der betreffende Gutsbesitzer erklären mußte, daß er nichts mehr zu bieten habe und gezwungen sei, sich mit seiner Familie den Gästen — anzuschließen, die nun weiter zum nächsten Edelsitz zogen.

Schwatzen, Essen und Tanz für Frauen und Töchter, Essen, Trinken, Tanz und Kartenspiel für die männliche Welt. Mitunter mehr als ein Dutzend vielköpfiger Familien zusammen auf dem „heimgesuchten" Edelsitz. Von einem Gut zum andern, bis alles — „abgegrast" war; dann boten aber die zigeunernden Gäste selbst Gastfreundschaft bis zum letzten Kalb, Schwein, Faß und Knopf. Dieses Herumziehen währte im Turnus, der nicht ängstlich in den nachbarlichen Grenzen gehalten werden mußte, da man auch bei nichtbenachbarten Gutsbesitzern „einfallen" konnte und Gastfreundschaft fordern durfte, bis der Winter mit Regengüssen und Schnee die damals schlechten Straßen unfahrbar machte, auf den Edelsitzen Vorräte nicht mehr vorhanden waren.

Tropfenweise kamen die Schilderungen vom Prunk der endlosen Feste aus Wien nach Kroatien. Vom Ausspruch des ritterlichen geistvollen Fürsten de Ligne: *„Le congrès danse, mais il ne marche pas"* (der Kongreß tanzt, aber er geht nicht vorwärts), interessierte die adeligen Kroaten nur der erste Satzteil, und den Ausspruch der Gräfin Bernstorff, der Gemahlin des dänischen Gesandten („Es ist, als käme man vom Lande und sehne sich nach langentbehrter Zerstreuung,"), drehten die kroatischen Notabeln einfach um: sie trugen die langentbehrte Zerstreuung auf's Land — hinaus! Das neumodische Karussellreiten des Hochadels in Wien wurde auf manchem Edelhofe nachgeahmt und als Sport nicht wenig belacht. Für die Volksfeste im Wiener Prater fehlten Verständnis und Gelegenheit; doch hatten die Notabeln im slavischen Süden ihre Freude an den Wiener Scherzen, z.B. an der Verdrehung des Wortes „Dänemark" in „Tandelmarkt"! Soviel Deutsch verstanden die Nobili südlich der Save sofort, um den „König vom Tandelmarkt" zu verulken.

Es fehlt der Nachweis dafür, daß die harmlos galante Wette des russischen Zaren mit der schönen Gräfin Flora Wrbna-Kageneck bezüglich des schnelleren Toilettemachens von den kroatischen Edelleuten irgendwie nachgeahmt wurde. Auf ulkhafte Art scheint es geschehen zu sein, selbstverständlich plumper als der Vorgang in Wien, wo der Zar punkt neun Uhr in Begleitung von Zeugen im gewöhnlichen Anzug bei Zichys erschien, sich zum Austrag der Wette meldete, dann abtrat und schon nach Umfluß von fünf Minuten in voller Uniform wieder im Salon der Gräfin Zichy erschien und die Wette — verloren hatte, da die Gräfin Flora Wrbna-Kageneck sich — in eine Hofdame der Zeit Ludwigs XIV. verwandelt — bereits im Saale befand.

Es ist nicht unwahrscheinlich, daß diese harmlose Wette, deren Sieg der Gräfin Wrbna ein artiges Handschreiben des Zaren und als Geschenk eine — „Bibliothek" eintrug, einen vergnügenssüchtigen Adeligen auf die Idee brachte, die „Familiensimpelei" auf den Edelsitzen in eine — Pikanterie, in eine tolle „Mohrenherz" umzugestalten.

Auf einem Gutssitz hatten die siebzig Gäste mit etwa vierzig Pferden und Dienerschaft binnen fünf Tagen „ratzekahl" gezecht. Der Gutsherr war für ein Jahr ruiniert. Der „Oberarrangeur" und Vergnügungsmeister verkündete für den nächsten Tag den Abzug und die Fahrt zum benachbarten Edelsitz, wohin vorsichtshalber Botschaft gesendet worden sei. Da bei dieser Verkündigung nicht alle Damen anwesend waren, benutzte der „Maestro" die Gelegenheit, in die Räume der Frauen einzudringen. Die Raumnot hatte dazu gezwungen, in je einem Zimmer acht bis zehn Frauen unterzubringen, ebenso Mädchen und Kinder unter Aufsicht älterer Damen. Die Männer waren in Scheunen (Schlafgelegenheit auf Stroh), zu einem Teil auf nahegelegenen Bauerngehöften einquartiert, wo die Herren toll genug „wirtschafteten".

Den Gipfel der Tollheit und Scheußlichkeit erklomm das für den letzten
Abend auf dem Gutssitz ausgeführte *Lottospiel um die — Frauen!*

Die vom schweren Zechen berauschten Männer „würfelten"
um die Ehefrauen, mit denen sie die letzte Nacht vor der
Abreise nach einem anderen Edelsitz zubringen sollten. Die
Dienerschaft (Zofen) wurde mit Geld bestochen und zu
Angaben verleitet, in welchem Zimmer und in welchen
Betten die einzelnen Damen nächtigten. Die Namen dieser
Frauen mit den erkauften Angaben wurden dann auf Zettel
geschrieben, diese Zettel in einen Hut geworfen und
durcheinandergemischt. Jeder „Edel"mann dieser seltsamen
Korona — mit dieser Schändlichkeit waren alle freudig
einverstanden — zog einen Zettel heraus, der ihm für die
Nacht eine „Genossin" zuwies.

Nicht gegen das schändliche Spiel um Ehre und
Frauenwürde, gegen die Zuchtlosigkeit, erhob sich erstmals
ein Widerspruch, es wurde nur die Befürchtung geäußert,
daß der Betrug verfrüht durch Licht entdeckt werden
könnte. Dieses Bedenken zerstreute der „Erfinder" des
„Frauenspieles" mit dem Hinweis, daß *rasches Lichtmachen mit
Feuerstein und Schwefelfaden unmöglich* sei, daß also bei dieser
langsamen, den Frauen sehr lästigen Prozedur den
betreffenden „illegitimen" Eheherren im Entdeckungsfalle
die Flucht aus dem Zimmer wesentlich erleichtert sei. Die
Anwesenheit anderer Damen in den Stuben erregte
überhaupt keine Bedenken. Der *Weibertausch* wurde *richtig
ausgeführt*! Und es gab *keinen* öffentlichen Skandal in
Kroatien wegen dieser — afrikanischen „Erlustierung".

Die „vergnügenssüchtigen" berauschten Herren der
Schöpfung schlichen barfuß in die Frauengemächer und
schmuggelten sich in die — ausgelosten Betten. Wurde von
einer oder der anderen Frau der schmähliche Betrug
irgendwie erkannt und Lärm geschlagen, so flüchteten die
Herren sofort aus den Stuben, bevor Licht erzeugt werden
konnte. „Dank" *Feuerstein und Schwefelfaden*, der

Langsamkeit, mit diesen Hilfsmitteln Licht zu machen, vermochten sich die „Witzbolde" rechtzeitig in Sicherheit zu bringen. Und dies des öfteren!

Wegen dieses „witzigen Frauenspieles", das noch immer in der Erinnerung lebt und auch mir im Jahre 1912 in Kroatien erzählt wurde, hat Dr. von Tkalac um 1840 einen seiner Verwandten interpelliert, der an diesem „Weibertausch" damals „aktiv" beteiligt war. Die Antwort ist in Tkalac „Jugenderinnerungen" wie folgt festgehalten: „Was willst du, es war eine tolle Zeit! Da wir beinahe alle Hörner trugen und dabei keiner erfuhr, wer von uns ihn damit gekrönt hatte, war es das klügste, zu schweigen. Hätten wir uns alle etwa wie die närrischen Franzosen schlagen und gegenseitig niedersäbeln sollen? Was nun einmal geschehen war, konnte man doch nicht ungeschehen machen. Und wenn die Frauen keinen Lärm schlugen, mußte man annehmen, daß sie ... zufrieden waren."

Als 72jähriger Greis bewertete der auf seine kroatische Abstammung sonst ehrlich-stolze, hochgebildete Dr. von Tkalac diese Ereignisse in seinen „Erinnerungen". „Es muß eine ‚tolle Zeit' gewesen sein, in welcher *den Menschen jede Fähigkeit zu ernstem Denken und ernster Arbeit abhanden* gekommen zu sein schien. Der österreichische große Staatsbankerott vom Jahre 1811 scheint merkwürdigerweise diese stets lustige und leichtsinnige Generation gar nicht berührt zu haben."

Auf die tolle Zeit folgte 1817 eine schreckliche allgemeine Hungersnot und bitterste Verarmung. Der Wucher kam zu höchster Blüte und richtete besonders die Grundbesitzer völlig zugrunde. Um sich über Wasser zu halten, nahmen sie nominell zu zehn und zwölf vom Hundert Geld auf, und da sie nicht mit Bargeld zurückzahlen konnten, zahlten sie in Naturalien — Wein, Getreide, Pflaumen (zum

Branntweinbrennen), Heu, Bau- und Brennholz — , die ihre Gläubiger ihnen zu wahren Spottpreisen abkauften, wodurch sich die Zinsen auf dreißig und vierzig Prozent erhöhten. Oder die Grundbesitzer suchten sich dadurch zu helfen, daß sie einen Teil ihres Allodialbesitzes oder ihrer Untertanen mit Haus und Grundstücken verpfändeten, so daß manchem Grundbesitzer, der fünfzig und mehr Untertanenhäuser besessen hatte, schließlich nur fünf oder sechs übrigblieben, mit denen er außerstande war, sein Gut zu bewirtschaften, und deshalb gänzlich verarmen[13] mußte.

Erst der *neue Staatsbankrott* von 1817 mit der *fürchterlichen Hungersnot* konnte die *Menschen ernüchtern* und dem *gedankenlosen „lustigen" Leben ein trauriges Ende bereiten.* Für die meisten war es schon zu spät. Die wenigen, die sich aus dem allgemeinen Schiffbruch retteten, waren zur größten Einschränkung ihrer Bedürfnisse genötigt....

Fußnoten:

[13] Aus jener Zeit stammt die österreichische Bezeichnung „Zwetschgenbaron" für verarmte kroatische Edelleute. D.V.

Sprachliches Durcheinander.

Während einer längeren Jachtfahrt zum Besuche der dalmatinischen Inseln hatte meine Wenigkeit die Wahrnehmung gemacht, daß das Italienische kroatisiert, das Kroatische italianisiert wurde und wird. Dies sowohl an Bord wie in den Küstenstädten. Es hieß also sehr aufpassen für den, der die kroatische Sprache aus der Grammatik, ohne Lehrer hatte erlernen müssen. Mit Kenntnis der italienischen Sprache, etwas vertraut mit dem in allen Adriastädten gesprochenen Venezianer Dialekt ließ sich zur Not durchkommen, wenn die Leute langsam sprachen. Dies tun aber die Mädchen und Frauen des Litorale grundsätzlich nicht; nirgends in der Welt wird so rasend schnell gesprochen, auch bei nichts weniger denn aufregenden Anlässen, als in den Küstenorten Dalmatiens. Mein bissel Kroatisch konnte in Dalmatien keine „Siege" feiern; erweitert und verbessert wurde es unter italienischem Einfluß nicht. Wesentlich besser ging es droben in Montenegro, wo die serbokroatische Sprache vom Kaufmannsitalienisch nicht „infiziert" worden ist.

Der Rat eines Schiffskapitäns, gebürtigen Bocchesen, lautete dahin.
„Reisen Sie nach Kroatien, um die Sprache rein und unverfälscht zu hören
und auszutilgen, was Sie vom dalmatinischen Kroatisch Unschönes zur
Grammatik dazugelernt haben!"

Ich hätte kein die Gründlichkeit liebender Deutscher sein müssen, wenn nicht um Bekanntgabe „unschöner" Ausdrücke gebeten worden wäre. Von einem Taubstummen erfährt man tiefste Geheimnisse viel leichter und eher, als man von einem kroatisch-italienischen Kapitän Belehrung über Sprachhäßlichkeiten erhält. Doch wie man mit gut gebratenem Speck Mäuse fängt, so kann man mit österreichischen Zigaretten (die es 1912 noch in entzückender Beschaffenheit gab) den verschlossensten Bocchesen — gesprächig machen. Wobei der Wein nachhelfen kann, so das „Versuchskaninchen" Zeit und eine Weinzunge hat. Es wurde also ein sprachliches Privatissimum an Land in einer guten Weinstube vereinbart,

100

und zwar der Sicherheit halber in drei Sprachen: Italienisch, Kroatisch und Deutsch. Der Bocchese begnügte sich mit dem Wörtchen: „Jest!" (Ja!) Worauf meine Wenigkeit herausquetschte: „Liepa hvala! Naj liepse!" (Schönen Dank! Sehr schön!)

Der Blick des Bocchesen funkelte auffallend spöttisch, musterte mich angejahrten Knaben so seltsam ironisch, daß gefragt werden mußte, was denn in Teufels Namen schon wieder „unschön" in den gebrauchten Worten sei. Aus der Zigarettendose nahm der Bocchese eine Papyros, zündete sie an, und sprach: „Liepa hvala! Unschön ist das Wort: ‚naj'! Und verfänglich die Wörter: ‚na liepse'!"

So gewandt im Sprachgebrauch war ich nicht, um den Unterschied zwischen dem von mir gebrauchten Wörtchen „naj" und dem vom Kapitän anzüglich gesprochenen „na" sofort herauszuhören und zu erfassen. Erst viel später kam ich dem trockenen Witz des Bocchesen auf die Spur. Ich hatte mit dem „naj" die Superlativbezeichnung gebraucht und gesagt: „sehr schön!" Der Witz im Wortspiel bestand darin, daß der Bocchese sagte: „na liepse!" (Zu den Schönen [Mädchen]).

Etwa ein Stündchen darauf fuhren wir im Hafen einer Küstenstadt ein, wo das Privatissimum bei Wein und Rauchopfer stattfinden sollte. Winkt einem Kapitän dienstfreie Zeit, dann hat es mit der Ausbootung Eile. Sonst im Dienst sind just die südländischen Bocchesen wie von Erz und Granit. Ein Blick des Kapitäns, und schon rief er mir zu: „Bržo, bržo, naj brže!" (Schnell, schnell, schnellstens!)

Ja, Bauer, es ist eine andere „Wurst", wenn ein Bocchese das Wörtchen „naj" zur Superlativbezeichnung benützt oder ein Deutscher mit dem ehrlichen Bestreben, eine Sprache ordentlich zu erlernen. Selbstverständlich wurde bei gutem Rötel von der Insel Lissa und köstlichem Dalmatinertobak dem Bocchesen diese „Wurst" unter die Nase gerieben. Doch der Erfolg war kläglich gering. Alles, was dem Kapitän herausgelockt werden konnte, waren zwei Worte: „jako interessante". Vom Wein wurde nur genippt; aber das Drehen von Zigaretten aus dem goldgelben wundervollen Tobak und das Rauchen ging großartig flink, najbrže. Als dann im Gespräch auch meine Wenigkeit das Verstärkungswörtchen „jako" (=stark, sehr) gebrauchte, erfolgte die Belehrung, daß „dies" „unschön" sei, die kroatische Sprache „beleidigt" werde usw.

Studienfahrten in Dalmatien werden wohl in jedem Reisenden sehr wirksame Eindrücke hinterlassen; eines aber ist in diesem slavischen Lande sicher nicht richtig zu studieren, nicht zu erlernen: die kroatische Sprache!

Also wurde das Land ausgesucht, bereist und studiert, wo — angeblich — *reines* Kroatisch gesprochen wird, alles ganz anders und „jako (vrlo) interessante" ist.

Das in seinen gebirgigen Teilen märchenschöne Land Kroatien hat neben anderen Vorzügen die schöne Eigenschaft, daß man — genügend Zeit vorausgesetzt — alle Notabeln kennen lernen, die wunderbare kroatische Gastfreundschaft genießen kann, wenn man mit einem einzigen Adeligen befreundet ist. Aber, woher die Zeit nehmen! Der Aufenthalt auf jedem Edelsitz (curia nobilis) — schon von weitem erkennbar an der zum Schloß führenden, kennzeichnenden Pappelallee — verschlingt wenigstens eine Woche, da doch auch der Bibliothek und der Umgebung volle Aufmerksamkeit gewidmet werden muß, wenn man zu Studienzwecken im Lande weilt.

In allen südslavischen Ländern stößt man auf rührende

Dankbarkeit, wenn die Leute merken, daß man als Reichsdeutscher den guten Willen hat, sich der betreffenden Sprache nach Möglichkeit zu bedienen. Besonders in Kroatien ist das „bocchesisch-marinierte" Nörgeln (übrigens mehr scherzhaft als bissig gemeint) nicht üblich; Belehrung wird auf freundliche Bitte hin bereitwillig und freudig in zartester Form erteilt.

Von Zara aus hatte meine Wenigkeit für einen bestimmten Tag die Ankunft auf einem kroatischen Edelsitz mit einem kroatischen bržojav (Telegramm) angesagt. Von der letztmöglichen Eisenbahnstation ging es zu Wagen in sausender Fahrt auf staubiger Landstraße dahin. Der Insasse war von der langen Reise müde, übernächtig, schlaftrunken, wenig empfänglich für die Schönheit des Sommermorgens in fruchtbarer Gegend. Nicht das geringste Interesse war vorhanden für die Reitertruppe, die auf abgemähter Wiese übte. Soll die Stimmung des „tunkenden" Reisenden genau wiedergegeben werden, ist's nur in bajuvarischer Sprache möglich. „Mei' Ruah' möcht' i!" Schlafen, ausruhen um jeden Preis.

Daß sich beim Anrollen meines Wagens von der Kavallerieeskadron ein Offizier entfernte und gegen die Straße galoppierte, war mir unsäglich — „wurscht". Aber der Offizier hoch zu Roß tauchte am Wagenschlag auf, grüßte höflichst auf kroatisch und hieß den Gast dann, im Trab mitreitend, in deutscher Sprache auf kroatischem Boden willkommen mit den Worten. „Gute Ankunft, Herr — Achleitner! Lustig sein! Zum Abend kommen wir alle zur Begrüßung! Servus!" Und weg war der Offizier. Der Schlaf war auch weg. Ich fühlte ordentlich, daß mein Gesichtsausdruck „schafmäßig" war. Beispiellos verblüfft.

Als eine Pappellallee in Sicht kam, waren die Zurufe der Bauern: „Zivio gospodin tajni savjet!" (Hoch, Herr

Geheimer Rat!) leicht als „eingelerntes Zeug", befohlen vom
Gutsherrn, zu erraten.

Mittags gab es mit umständlicher Feierlichkeit den
Willkommstrunk mit — onomatologischer Beigabe. Der
Mensch lernt nie aus. Zwar bestritt der Schloßherr nicht die
Möglichkeit, daß das kroatische, mit nur einem „l" zu
schreibende Wort „Billikum", also „Bilikum", vom
Deutschen abgeleitet und dem kroatischen Wortschatz
einverleibt worden sein könne, aber sehr wahrscheinlich sei
solche Anleihe nicht, da das Wort „Bilikum" „spielend
leicht" aus dem Kroatischen erklärt werden könne: „Pije-li,
kume?" (Will er trinken, Gevatter?) Piti = trinken, pijem =
ich trinke.

Angesichts des „zweiliterigen" Willkommsbechers erstarb
jede
Widerspruchslust. Der Wissenschaft halber wurde zunächst
diese
Ableitungstheorie notiert; dann ging's an die Leerung des
Willkommsbechers. Eine kurze Dankrede und ein prächtiges
„Diner" darauf,
hernach erquickender Erholungsschlaf im Bett.

Auf kroatischen Edelsitzen hatte ich erstaunlich viel Glück
insofern, als zur rechten Zeit Schlechtwetter eintrat und
dadurch das „Schnüffeln" in Archiv und Bibliothek
ermöglicht war. Fundgruben kostbarer Art für
Kulturhistoriker. Im Archiv des „Kume" (Gevatters), so
nannte meine Wenigkeit in Gedanken den Hausherrn wegen
der Ableitung des Wortes ‚Bilikum' aus dem Kroatischen,
gab es ziemlich viel handschriftliches Material aus der
Franzosenzeit. Darüber wurde begreiflicherweise bei Tisch,
besonders abends, eingehend gesprochen bunt
durcheinander in drei Sprachen, von denen wir wegen
hochgradiger „Vergeßlichkeit" das gallische Idiom

Unbehagen verursachte. Darauf aufmerksam zu machen, daß „mein Französisch" „verschwitzt" sei, fehlte die Gelegenheit. Im Sprühfeuer dieser noch dazu sehr flink geführten Gespräche begann der Gast Schlimmes zu — ahnen. Am Ton war bei einer Gesprächswendung die Ironie herauszuhören; doch nicht für Kroatien und sonstige Königreiche als Belohnung ergab sich die Möglichkeit, rasch den Sinn zu erfassen, als der Hausherr schalkhaft lächelnd erwähnte: „J'ai du bien au soleil!"

Von allen Göttern verlassen, übersetzte der Gast in Gedanken so rasch
als möglich wortwörtlich und damit regelrechten Blödsinn! „Ich habe viel
— Sonne!" Anzuwenden wäre aber die ironisch gemeinte Deutung gewesen.
„Ich bin Gutsbesitzer!"

Alle Augen richteten sich auf den Gast, von dem eine Äußerung erwartet wurde.

In dieser peinlichen Lage flogen zu allem Unglück die Gedanken aus Kroatien nach Tirol; der Satz unseres alten Ludwig Steub im Fremdenbuch der altberühmten Weinstube des Gasthauses „Klause" bei Kufstein trat in Erinnerung und beherrschte alles. „Einschreiben, einschreiben, nichts leichter als das, wenn man nur immer gleich wüßte: was?!" — Im gegebenen Falle: Reden, reden; nichts leichter als das, wenn man nur wüßte: was!... Flink von Tirol weg und hinein in die — kroatische Grammatik, und das Zünglein plapperte die Antwort auf den französischen Witz: „Nemam sada sunce!" (Ich habe jetzt keine — Sonne!)

Schallendes Gelächter. Die Tafelrunde krümmte sich und schrie wie toll geworden. Und hielt diese gräßliche Antwort

105

für einen — sprühenden Witz, der mit schrecklichem Lärm und Händeklatschen aufgenommen wurde.

Als sich die Tischgäste etwas beruhigt hatten, glückte es mir, das Mißverständnis aufzuhellen und die Bitte vorzubringen, das längst vergessene Französisch wegzulassen und zugunsten meines Lerneifers Kroatisch, reines Kroatisch, aber hübsch langsam, zu sprechen. Diese ehrliche Bitte wurde Anlaß, daß der Hausherr die „Episode des Herrn Nikola von Zdenčaj", der damals, zur Franzosenzeit Kroatiens, Obergespan des Agramer Komitates war, zum besten gab, und zwar viel witziger, als sie in von Tkalac' „Jugenderinnerungen" zu lesen ist.

Herr von Zdenčaj (etwa mit „Brunner" zu übersetzen), war ein arger Französling, der sein Geld nach Bojarenart viel lieber in Paris als in Agram oder Wien „verjuxte". Er blieb in Kroatien, als die Franzosen sein Vaterland besetzten, machte aus seiner Vorliebe für Gallien nun erst recht kein Hehl und gab sich alle Mühe, „echt französische" Dienerschaft in sein Haus zu bekommen. Das gelang aber nicht, obwohl Zdenčajs Freunde in Paris alles versuchten, Domestiken für Kroatien anzuwerben; nur einen Sprachlehrer konnten sie senden, der dann die kroatische Dienerschaft Zdenčajs in „Pariser" Domestiken ummodeln sollte. Mehr Talent als der Deutsche hat ja der Slave für fremde Sprachen; doch zu raschem Erlernen gehört doch auch ein gewisses Maß von Intelligenz. Die Diener Zdenčajs versagten kläglich, merkten sich kaum die französischen Taufnamen, mit denen sie angerufen wurden. Im Hausdienst mußte Französisch gesprochen werden; Zwangsdressur, unzählige Probediners, damit die kroatischen Diener das Servieren und Sprechen auf Pariser Art für das große Festmahl am — Napoleonstage erlernten. Ein Ereignis sollte dieses Festdiner für Westkroatien werden. Gelehrig oder doch anstellig, gut brauchbar waren Zdenčajs Domestiken unbestreitbar, doch ein gewisses Mißtrauen wurde der Gebieter nicht los. Deshalb hielt er am Festtage selbst noch am Morgen eine Probe an der bereits geschmückten Tafel ab. Zdenčaj erteilte seine Befehle im Französisch jener Zeit, im „Bojaren-Patois"; die in „Jean", „George", „Pierre" usw. umgetauften kroatischen Diener antworteten „französisch", machten ihre Sache gar nicht schlecht während dieser Generalprobe, so daß Zdenčaj aufatmete und beruhigt dem Festdiner entgegensah. Bis zum Abend fühlte sich Zdenčaj als Grandseigneur, und als solcher begrüßte er seine französischen und kroatischen Gäste. Erstere waren in der Mehrheit, da Militär und Beamtenschaft geladen war. Slavische Gastfreundschaft sollten die Franzosen kennen lernen, Gastlichkeit in üppigster Form, sich aber wie daheim in Frankreich fühlen durch die Art der Bedienung. Zdenčaj haßte das laute Flaschenöffnen bei Tisch, den Lärm, das „Schnalzen" der kräftig und rasch gezogenen Korke; deshalb waren vor Dinerbeginn ganze Batterien edler französischer Rotweine geöffnet und in einem Nebenraume bereitgestellt worden. Für diese Seltenheiten interessierten sich die Diener des Hauses Zdenčaj viel stärker als für die erwarteten Gäste, so daß die Domestiken schon eine Stunde vor Beginn des Festmahles nach — Burgunder dufteten und „weinselige" Augen machten.

Nikola von Zdenčaj „bekomplimentierte" in der Art des achtzehnten
Jahrhunderts den etwas verfrüht erschienenen kommandierenden General und
bald darauf den Gouverneur, so daß es unmöglich war, die Dienerschaft im
Auge zu behalten.

Nach längerem Begrüßungsgespräch ging es zur Tafel.

Die ersten Gänge wurden zwar nicht nach Pariser Art, nicht sehr „diskret serviert", doch Verstöße größerer Art kamen nicht vor. Als der erste Braten aufgetragen wurde, gewahrte der spähende Kontrollblick des Hausherrn, daß einem der Gäste, noch dazu einem französischen Stabsoffizier, der Teller nicht gewechselt worden war. Zdenčaj versuchte zunächst mit Augenwinken den Fehler ausbessern zu lassen. Dafür fehlte es bei den weinseligen kroatischen Dienern an Achtsamkeit. Der Gebieter „stupste" Janko und deutete auf Gast und Teller. Worauf Janko auf den Franzosen lossteuerte und den Teller wegnehmen wollte. Der Offizier meinte lächelnd: „Bien obligé!"

Janko stutzte, riß die Augen auf, ließ den Teller stehen und kehrte sichtlich maßlos überrascht zum Gebieter an der Tafel zurück, der in französischer Sprache den „talketen" Diener rüffelte und sofortigen *Tellerwechsel* befahl.

Janko im Burgunderdusel und in Angst vor Strafe vergaß im Nu alle eingepaukten Parisismen und stotterte in der Muttersprache. „Prozim, njihovo gospodstvo! Gospodar rekni, da si ga sam *obliže!*"[14]

Die Gäste kroatischer Nation, denen Zdenčaj's Nachäffung französischer Gebräuche wenig gefallen haben mochte, brüllten vor Vergnügen über die köstliche Verwechslung von „obligé" (verpflichtet) mit „obliže" (ablecken) und hatten helle Freude daran, daß der Hausherr durch den angetrunkenen Diener gründlich blamiert worden war. Das schallende Gelächter veranlaßte die französischen Gäste, nach dem Anlaß zu fragen; die mit boshafter Bereitwilligkeit gegebene Auskunft versetzte dann auch die Franzosen in unbändige Heiterkeit. Sogar Herr von Zdenčaj lachte mit, freilich etwas gezwungen und säuerlich.

Nach Beendigung des Mahles wurde aber „Gericht

gehalten" und den Dienern verkündet, daß jeder
erbarmungslos entlassen werde, der nicht bis Jahresschluß
der französischen Sprache im Hausgebrauch vollkommen
mächtig sei. In dieser Sache „siegte" Herr von Zdenčaj. Aber
seine Blamage hat sich in der Erinnerung länger als ein
Jahrhundert erhalten; denn auch in der Gegenwart wird
über die köstliche Episode gesprochen und gelacht. Ob dies
auch in der Zukunft der Fall sein wird, dürfte von der
Tätigkeit der französischen — Kontrollkommission in
Kroatien abhängen....

Fußnoten:

[14] Bitte, Euer Herrlichkeit! Der Herr sagt, daß er ihn (den
Teller) selbst — *ablecken* werde! Ližem = ich lecke, obližem =
ich lecke ab.

Von der Sann zur Korana

Vor etwa zehn fahren folgte meine Wenigkeit einer
Einladung lieber Freunde, in Römerbad, dem
„südsteierischen Gastein", Aufenthalt zu nehmen. Die
drollige Einladung sprach von einer „slavischen Agnes
Bernauer", die in der Nähe ihre Grabstätte habe, erwähnte
auch, daß der „verflossene" Reichskanzler Caprivi „an der
Sann beheimatet" sei, und lockte mit der Versicherung, daß
ein nigelnagelneues Automobil zur Verfügung stände, mit
dem nach Belieben in das „halbasiatische" Land gefahren
werden könne.

Zwei Tage später war ich in — *Römerbad*, dem alten Toplice
(slavisch toplice = warm) im lieblichen Süden der grünen

Steiermark. In diesen heißen Quellen, wie auch in Varazdin-Töplitz, fanden die römischen Statthalter der Provinz Pannonien Heilung von Gicht und Zipperlein. Die Dankbarkeit ließen sie in Stein einmeißeln. Dies tat auch der Provinzchef Matius Finitus mit dem Eintrag in das „steinerne Fremdenbuch": „Nymphis aug. Matius Finitus. V.S.L.M." (= votum solvit lubens merito). Zu deutsch: Den erhabenen Quellen (Nymphen) Matius Finitus sein Gelübde einlösend. Drei Votivtafeln solcher Art wurden in alter Zeit bei den Heißwellen gefunden; die Thermen gerieten dann in Vergessenheit, flossen ungenützt durch wunderlieblichen Waldeszauber zur munteren Sann, bis die Mönche des nahen Karthäuser Klosters in Gairach sich klug und weise den wertvollen Besitz sicherten, einen Badedirektor aufstellen unter der bezeichnenden Bedingung, „im Bade lauter züchtiges Gesinde und ehrbare Weibsleute zu halten". Der Zeit nach waren die Gairacher Mönche zu Toplitze-Römerbad der Badeverwaltung des salzburgischen Gastein um rund achthundert Jahre verspätet daran, klimatisch aber bedeutend im Vorteil durch die südliche Lage, gleichmäßige Temperatur und das üppige Wachstum und durch den Mangel an jeglichem, an der Sann ganz unbekanntem salzburgischem Schnürlregen, der zum Entsetzen der Gasteiner Kurgäste so gern in Schnee übergeht. Vor Jahrhunderten schon wurde auf die gleiche Heilkraft und Temperatur der Heißwellen von Römerbad und Gastein verwiesen, und auf diese Tatsache fußend (Gastein 25,8-49,6 Grad Celsius, Römerbad 36,2-37,5 Grad Celsius), Römerbad das „steirische Gastein" genannt zum Arger der Gasteiner.

„Gichtiker" war meine Wenigkeit damals noch nicht; demgemäß ließen die
Heißwellen von Römerbad mich „kalt"; das Interesse galt der „slavischen
Agnes Bernauer", der steirischen „Inez de Castro", der

unglücklichen
Veronika von Jeschnenitz (ješen = Herbst, jesén = Esche),
Gräfin von
Cilli, die in der gotischen Klosterkirche zu Gairach bei
Römerbad
begraben liegt.

Zunächst „verbiß" sich der Onomatologe in den Namen
„Gairach", der sehr deutsch aussieht, in dieser slovenischen
Gegend aber kaum rein deutsch sein kann. Zum mindesten
ist das deutsche „Hai" (Gehege, befestigter Platz,
Umfriedung zu Verteidigungszwecken) vergröbert in „Gai".
Da das Gairacher Kloster auffallenderweise quer zum
Sträßlein steht, als Talsperre gebaut ist, kann über den
ehemaligen Verteidigungszweck kein Zweifel begehen. Im
Slavischen hat „gaj" die gleiche Bedeutung wie das deutsche
„Hai". Und Ach, Ache ist der Wildbach, dem der Tiroler ein
„r" einfügt, wenn im Bach oder Fluß Felsblöcke liegen.
Deshalb heißt der Inn bei Landeck „Arch'n"....

Der Grabstein der slavischen Agnes Bernauer besagt soviel
wie das urkundliche Material, nämlich nichts. Die
unglückliche Veronika von Jeschenitz, Gräfin von Cilli, hat
einen Hofdamen-Roman erlebt und das winzige Maß von
kurzem Glück im Jahre 1436 mit üblich tragischem Ende
gebüßt. Tugendhaft hatte Veronika dem in sie rasend
„verschossenen" Grafen Friedrich II. von Cilli erklärt, daß
der Weg zu ihrem Herzen nur über den — Altar führe. Im
übrigen pochte Veronika auf ihre Hofdamengrundsätze. Der
junge Graf Friedrich II. war bereits und ausgiebig
verheiratet, hitziger Natur und rasend verliebt in Veronika.
Die Zeit aber war rauh. Graf Friedrich II. „erstach" als
hitziger „Gemütsmensch" seine sanft und ahnungslos
schlummernde Gemahlin und „heiratete" dann mit der im
fünfzehnten Jahrhundert üblich gewesenen Eile die

Hofdame seiner „verblichenen" Gemahlin. Nun erst wurde die Angelegenheit „brenzlich"; denn der Altgraf Hermann von Cilli trat auf den Plan, und Seine Gräfliche Gnaden waren noch hitzköpfiger als der Sohn. Der Papa verübelte nicht die „kurzhändige" Beseitigung der Gemahlin Nr. 1, sondern die Heirat der Hofdame aus „nichtebenbürtigem" kleinem Landadel. Die „Mesalliance" paßte dem Alten nicht. Die Nichtberücksichtigung der Standesinteressen mußte „gerochen" werden, und zwar mit der gleichen Eile, mit der Friedrich seine erste Gemahlin aus dem Leben ins Jenseits befördert hatte. Der abkunftstolze Altgraf sandte zwei gutgenährte kräftige Ritter in die Burg Osterwitz bei Franz (Umgebung von Cilli), wo Veronika „residierte", und ließ Friedrichs Gemahlin Nr. 2 einfach und kurzerhand in einem mit Wasser reichlich gefüllten — Waschbottich ertränken. Gleichzeitig wurde der Sohn Friedrich zur — Abkühlung in das Verließ der Burg Cilli gesteckt.

Das ist der „etwas" tragische Roman der Hofdame Veronika von Jeschenitz, der slavischen Agnes Bernauer und steierischen Inez de Castro. Mehr war nicht zu erfahren und die Stimmung damals diesem „Stoff" nicht günstig. Weit mehr als die arme Veronika fesselte die Behauptung im Freundeskreise zu Römerbad, daß der deutsche Reichskanzler *von Caprivi* von — Slovenen abstamme, und daß seine Ahnen an der Sann seßhaft waren, nämlich auf dem Edelsitz Scheuern bei Steinbrück am Zusammenfluß der Sann und Save. Ahnherr war Ritter Andreas *Kopriva* (zu deutsch: Brennessel), der 1680 starb ohne die geringste Ahnung, daß etwas mehr als zweihundert Jahre später ein preußischer General von *Caprivi* deutscher Reichskanzler, noch dazu als Bismarcks Nachfolger „Politik machen" werde. Nicht ein Wort von dieser „Behauptung" habe ich damals geglaubt. Unvorsichtig gab ich dem Zweifel auch noch schriftlich Ausdruck, machte „Witze" über die

112

Abstammung Caprivis von dem slovenischen Geschlecht der Kopriva. Sehr bald ging ein Platzregen von brieflichen Nachweisen, Urkundenabschriften usw. auf den spottlustigen Zweifler nieder. Heute weiß ich auf Grund gewissenhafter Forschungen, daß Caprivi wirklich ein umgemodelter Kopriva gewesen ist.

Auf Dauer und noch dazu im wonnigen Gelände von Römerbad konnte aber auch der „gehorsame Soldat" Caprivi, den Wilhelm II. zum Reichskanzlerdienst einfach „befehlen" hatte, nicht fesseln. Das Herz flog dem Freunde R.U. entgegen, der den Vorschlag gemacht hatte, sein neugekauftes Automobil zu einer Fahrt nach „Halbasien", hinunter zu den Wasserwundern von Plitvice im südlichsten Zipfel von Kroatien zu erproben.

Praktisches Geographiestudium! Reisen bildet!

„Automobilfahren ist schöner noch als Jagd und Liebe!"

Dieser Ausspruch kühlte meine Begeisterung ab. Doch der Süden, der mir unbekannte Süden Kroatiens, die Schilderungen von der märchenhaften Schönheit der Korana und von Plitvice gaben den Ausschlag!

Also los!

Drei Stunden flinker Fahrt, und wir beguckten die fast unleserliche Aufschrift auf Eisentafeln, die auf dicken, rotweißblau angestrichenen Holzpfählen thronten: „Hrvatska i Slavonia". (Kroatien und Slavonien). Damals ein Königreich, das zu Ungarn gehörte, deshalb das ungarische Staatswappen auch am Schilde jeder Tabaktrafik. Das Wort Goethes vom Deutschen, der keinen Franzmann leiden kann, doch seine Weine gerne trinkt, hätte man damals mit gewissen Veränderungen auf Kroatien anwenden können. Viel Zuneigung für ungarische Freiheit in Gesetzgebung und Verwaltung, „Autonomie der Munizipien" (Selbständigkeit der Gemeinden) usw., Komitatsselbstherrlichkeit, *das* paßte den Hrvaten; daß die kroatische Sprache für Ortsnamen, Schule und Verkehr auf Landstraßen und bei Behörden im Lande „zugestanden" war, bildete ein Ärgernis wegen der Form der „Konzession"; denn die Bestrebungen, die auf Magyarisierung hinausliefen, kannte man in Kroatien so gut wie in Budapest; man wußte auch, daß Kaiser Franz Joseph den Kroaten ihre Sprache in Land, Amt und Schule erhalten wollte, jeder Magyarisierung widerstrebte. Als aber die ungarische Regierung verfügte, daß die Verkehrssprache auf den Eisenbahnen (M.A.V. = magyar allam vašutak, ungarische Eisenbahnen; alter deutscher Eisenbahnerwitz in der Übersetzung: M.A.V. = „miserabelste aller Verwaltungen") *„magyarisch"* auch in Kroatien und Slavonien sein *müsse,* war es aus mit der „Zuneigung" der Südslaven für — ungarische Freiheit usw. Damals „liebten" die Kroaten die gewalttätigen Magyaren „tödlich"....

Gottlob wurde diese „Liebe" nicht auf uns deutsche „Benzinisten" übertragen; gelegentliche Versuche kroatischer Kinder, dem Kraftwagen Steine nachzuwerfen, hatten nichts zu bedeuten.

In Hotels wurden lediglich die Ohren gespitzt; man wollte hören, welcher Sprache die Automobilisten sich bedienten. Als Deutsche wurden wir freundlich und gut bedient.

Was der Name „Kroat", slavisch Hrvat, Horvat, Arvat, eigentlich bedeutet, wissen die Kroaten selber nicht. In Agram war es vor zehn Jahren ganz unbekannt, daß die Erklärung des Namens im — Titel des Bischofs von Zengg steckt! Der Titel lautet: „Bischof von Modrusch und Korbavia". Letzteres Wort stammt von „Korba", das sich im

Russischen erhalten und die Bedeutung hat: nasse, sumpfige Gegend. Dieses Korba steckt in den topographischen Namen: Korpula, Skorba, Karwin, Charbin. Die Bewohner wie die Grenzgegenden an der „Korba" in alter Zeit erhielten den Namen „Korbati", was Ufergebirge, Uferbewohner bedeutet. Aus „Korbati" wurde dann: Chorbaten, Karwaten (Karpaten), Kroaten.

Deutschland machte die Bekanntschaft mit den Kroaten, mit ihrem Mut, mit ihrer Beutegier und Grausamkeit im Laufe des Dreißigjährigen Krieges. Der Name „Kroat" (Krawat) wurde ein Schimpfwort im Deutschen („Schimpf" in neuerer Bedeutung, nicht in der mittelalterlichen, wo das Wort soviel wie Vergnügen, Unterhaltung bedeutete); dazu hat ab 1740 Baron von der Trenck mit seinen Panduren und Greueltaten sein Teil reichlich beigetragen. Nicht mit Unrecht sagt der Kroate Dr. von Tkalac im Vorwort zu seinen „Erinnerungen": „Kroatien und die Kroaten spielen in der deutschen Litteratur keine erfreuliche Rolle. Daß die Kroaten bei dem letzten großen Einfall der Mongolen im Jahre 1242 durch ihren Sieg in Grobnik (bei Fiume) Europa vor Verwüstung und Barbarei gerettet, daß sie jahrhundertelang eine Vormauer Europas gegen das damals noch mächtige Türkentum bildeten, ist weit weniger bekannt, als daß sie dem Hause Habsburg im Dreißigjährigen, im Erbfolgekrieg von 1740 und im Siebenjährigen Krieg Heerfolge und Schergendienste leisteten und sich dadurch die Feindschaft der abendländischen Völker zuzogen. In ‚Wallensteins Lager' läßt Schiller von einem Scharfschützen einen kroatischen Soldaten mit den Worten ansprechen: ‚Kroat, wo hast du das Halsband gestohlen?' Der Kroat antwortet: ‚Du willst mich betrügen, Schütz', und der Trompeter bestätigt dies: ‚Seht nur, wie der den Kroaten prellt?' Die Gaunerei des Scharfschützen macht auf die Zuhörer keinen Eindruck, aber seine Ansprache: ‚Kroat, wo hast du das Halsband gestohlen?' bewirkt eine Erschütterung des Zwerchfells, die nicht wieder vergessen wird. Und wenn nun gar in geographischen und geschichtlichen Werken Kroatien als ein Land dargestellt wird, das von verschiedenen halbwilden Völkerschaften, namentlich von Panduren, Hajduken, Schereschanern, Morlaken, Uskoken, Primorzen, Schokatzen, Raitzen usw. bewohnt wird, wissen gar viele nicht, daß die Mark Brandenburg von einer Menge verschiedener Völkerschaften, wie Potsdamern, Charlottenburgern, Teltowern, Schönebergern, Lichterfeldern usw., bewohnt wird. Ich will nun freilich nicht behaupten, daß Kroatien das irdische Paradies und die Kroaten das auserwählte Volk Gottes seien, aber wenn man sich für die unwirtlichsten Länder Innerafrikes und Zentralasiens und für deren wilde und stupide Bevölkerungen interessiert, würde wohl auch das nicht so fern liegende Kroatien und sein Volk verdienen, daß man sich in Deutschland über beide besser unterrichtete." Bitter klagte Dr. von Tkalac auch darüber, daß er als Universitätsstudent in Berlin als eine Art ethnographisches Wundertier, weil Kroat von Geburt, angestaunt wurde. Eine den höchsten Kreisen Berlins angehörende Dame konnte es überhaupt nicht begreifen, daß ein Universitätsstudent, der Griechisch und Latein verstand und Italienisch, Französisch und Deutsch sprach, ein — Kroat sein konnte.

Ähnliche und bittere Klagen zu erheben, hatten die Slovenen vielfach Ursache, die man stets zum Dienervolk herunterdrücken wollte, und deren Sprache man bestenfalls als Verständigungsmittel für Dienstboten bezeichnete. Wer viel und lang in slovenischen Familien der Intelligenz verkehrte, mußte zur Überzeugung gelangen, daß überlange ungerechte Behandlung, gewaltsame Unterdrückung eine gefährliche Verbitterung im slovenischen Volke

heraufbeschwören werde. Zündstoff war mehr als genug
vorhanden. Die überstürzte Gründung der schlecht
geleimten *„Država SHS"* war allerdings nicht
vorauszusehen. Seitens der Slovenen und Kroaten ist sie ein
menschlich begreiflicher Racheakt. Und „Rache ist süß". Ist
sie aber genügend ausgekostet, wird auch die Verbitterung
weichen, bei den Südslaven und Deutschen der südlichen
Gebiete die Vernunft einkehren und lehren, daß man
aufeinander angewiesen sei und miteinander leben müsse.
Hoffentlich dann beiderseits mit weiser Mäßigung in Politik
und nationalen „Gefühlen"....

Auf der flinken Fahrt zu den so gut wie unbekannten
Wasserwundern von Plitvice macht man erstmals die
Bekanntschaft mit der stahlblauen Korana in *Karlstadt,* wo
sich Kulpa und Korana, diese interessanten Flüsse
Kroaziens, vereinen. Was doch die Neuzeit alles schafft! Aus
einer wuchtigen Grenzfestung, die im sechzehnten
Jahrhundert als Trutzburg gegen die nahe Türkei
(Türkisch-Bosnien) angelegt wurde, aus dem düsteren,
blutgetränkten Städtle Karlovatz ist eine moderne, fast
elegant zu nennende, freundliche Stadt mit schönen
Gebäuden geworden.

Für Reisen im Kraftwagen sind immer von Wichtigkeit die
Straßenverhältnisse und Charaktereigenschaften der
Bevölkerung des jeweils zu durchfahrenden Landes. Die
Gutmütigkeit des kroatischen Volkes, solange der Kroat
keinen Schnaps im Leibe hat, wird gerühmt; dicht neben ihr
sitzt aber die „negative Intelligenz", die sich in Kopflosigkeit
äußert, wenn ein Automobil herankommt. Ein
lammfrommes Pferd muß erschrecken, so der Fuhrmann
ihm plötzlich mit den Händen an den Kopf greift und die
Augen verdeckt. Just im gefährlichsten Moment, da der
Kraftwagen vorüberfährt, erweist sich die Neugierde viel

stärker als die Vorsicht; der Bauer benötigt zweifellos die Hände zum — Schauen, zieht sie also von den Augen des Pferdes weg, und der Zusammenprall ist fertig....

Wenige Stunden hinter Karlstadt beginnt die Melancholie des Karstlandes, genannt *Lika*, ein begrüntes Gebiet, aus dem stellenweise stattliche Berge, kahle Felshäupter aufragen; tief eingerissen sind die wenigen Flußtäler mit Wasserläufen, die plötzlich im Boden verschwinden, unterirdisch Seen bilden und unvermittelt wieder zutage treten. Auch die Korana hat solche „Mucken". Eine eigenartige Welt, echtes Karstgebiet mit seinen Eigenheiten, das im nördlichen Teil der fruchtbaren Täler und Dolmen nicht entbehrt. Herbe spärliche Schönheit in tiefster Melancholie, wie sie aus Lenaus Gedichten weht....

Beim türkisch angelegten Städtchen *Slujn* prahlt die lichtblaue Korana erstmals mit ihrer Schönheit in überraschenden Wasserfällen.

Nach Süden steigert sich die öde der Lika zur Schaurigkeit, überall steile Höhen, tiefe Schluchten, freiliegendes Gestein, in den Dolinen wenig Ackerboden, geringwertige Weideplätze. Winzige Dörfer, deren trostlose Häuschen tief im Boden stecken, mit Stroh oder Dünger gedeckt sind. So eine „Wohnstätte" enthält einen einzigen Raum, den die Familie, Ziegen, Schweine, Hühner und etliche Gänse „bewohnen". Der Winter soll in der Lika sehr streng und lang (6-7 Monate) sein und enorme Schneefälle bringen. Die Lika umfaßt 6212 Quadratkilometer, hat eine Bevölkerung von rund 192000 Seelen und besaß (1890) im Städtle Gospic eine einzige Apotheke für die ganze Provinz!

Stundenlang währte die Fahrt durch dieses melancholische Karstgelände.
Dann endlich erklomm das ratternde Auto eine letzte

Anhöhe, bekrönt von
einer steinernen Kanzel hart an der schmalen Straße. Ein
auffallendes
Bauwerk in weltentlegener, schauriger Einsamkeit, das eine
Zweckerforschung geradezu erzwingt.

Ein Blick in die Tiefe, ein Ruf höchster Überraschung!

In einer wohl hundert Meter tiefen Erosionsschlucht
entwickelt die hier smaragdgrüne Korana die zaubervollste
Romantik: viele weißschäumende Kaskaden, blaue Bassins,
graugrüne Seen, entzückend geformte Terrassen inmitten
wuchtig starrender Sturzfelsen. Wahrhaftige Wasserwunder,
märchenschöne Gebilde, erzeugt von einem einzigen
Wildbach. Die Pforte zu einem Paradiese auf südkroatischem
Boden!

In drängender Sehnsucht nun weiter mit der
Höchstgeschwindigkeit des
Kraftwagens, hinein in die Märchenwelt von *Plitvice*.

Ein blauschimmernder See, umrahmt von herrlich
prangenden Wäldern, die
Üppigkeit einer Tropenwelt; hochstämmige Buchen mit
mächtigsten Kronen,
dichtbemantelte Edeltannen, Ahorn massenhaft mit
großartigem Wuchs.
Nicht minder häufig die Eibe, doch nur als Gestrüpp. Ein
ungeheurer
Naturpark, überwältigende Waldeinsamkeit bei einem
unglaublichen
Wasserreichtum. Der untere (Kozjak-) See schillert in
seltsamen
Farbentönen, bald tiefblau, dann smaragdgrün, gelb und
grau.

Auf grüner Anhöhe thront das vom Agramer Komitee zur Erschließung der
Plitvicer Wasserpracht erbaute Hotel.

Auf die Länge von acht Kilometern sind hier zusammengedrängt 13 (!) Seen und 30 (!) entzückende Wasserfälle bei einem Höhenunterschiede von rund 200 Metern. Wasserwunder der bescheidenen blauen Korana, der Tochter des Kapelagebirges, die nach dem Verlassen des Plitvicer Märchengebietes alsbald im Karstboden versinkt, später wieder zutage tritt, als unscheinbares Flüßchen nach Norden eilt und sich bei Karlstadt mit der schiffbaren Kulpa vereinigt.

Jeder der dreizehn Seen von Plitvice (kroatisch und russisch plit =
Felsplatte) zeigt sich anders hinsichtlich der Konfiguration und
Wasserfarbe; das Farbenspiel ist von der Temperatur abhängig, unter
fünfzehn Grad Celsius erscheinen alle Seen grau!

So alt das Haus Habsburg geworden war, von männlichen Mitgliedern hatte sich kein Prinz je nach — Plitvice „verirrt". Die Kronprinzessin Stefanie, jetzige Gräfin Lonyay, ließ sich gelegentlich einer Quarnerofahrt bereden, von Zengg an der kroatischen Küste aus die Märchenwelt von Plitvice zu besuchen. So qualvoll die Wagenfahrt gewesen, die Dame hatte den Besuch nicht bereut; sie war sprachlos vor Überraschung.

Wenn es erlaubt ist, *meinen* Eindruck mit einem einzigen Wort zu erwähnen, so wäre zu sagen, daß ich „tirolisch" gerufen habe: „Oha!" Mehr Worte standen nicht zur Verfügung.... Das Staunen war zu groß. Der Eindruck viel gewaltiger als etliche Tage später hoch am Vratnik beim ersten Anblick der tief unten blauenden Adria, die der „Benzinist" bereits kannte. Daß das Erscheinen eines Reichsdeutschen in Plitvice, im südlichsten Zipfel Kroatiens, Aufsehen erregte, ist begreiflich; haben ja noch wenige — Kroaten den weiten mühevollen Weg „hinunter" gefunden. Die Regierung Kroatiens hatte sich Jahrzehnte hindurch bemüht, der Pester „Hegemonie" eine Bahnverbindung von Ogulin nach Plitvice zur Erschließung der Wasserwunder abzuringen. Immer vergeblich! Plitvice liegt auf — kroatischem Boden, nicht auf ungarischer bzw. magyarischer Erde. Vor etwa acht Jahren war es gelungen, eine Verbindung mit Hilfe eines — Postautomobils zu schaffen. Sechs Personen hatten darin Platz, und zur Besichtigung der Wasserwunder von Plitvice war — eine ganze Stunde Zeit gegeben. Wer diese Verfügung ersonnen, hätte verdient, strafweise „Präsident" der „Država SHS" zu werden.... Oder „Ehrenbürger von München" während der „wonnigen Tage der Räterepublik 1919".

An sich aber war die Verfügung sehr nett, nämlich als durchschlagender Beweis, daß „St. Bureaukratius" auch in der slavischen Welt gedeiht! Eine einzige Stunde Besichtigungszeit für das größte Wasserwunder des Erdballs!!! Einfach „köstlich"! Doch es gibt auch für jenen südslavischen St. Bureaukratius eine Entschuldigung in der Person jenes Altmünchener Hausbesitzers, der in jener Zeit, als München noch München, eine reinliche gemütliche Stadt und nicht spartakistisch durchseucht war, nach Paris fuhr, drei Tage später aber schon wieder im „königlich bayerischen" Hofbräuhause saß und die erstaunten Freunderln bezüglich der überraschend schnellen Rückkehr dahin aufklärte, daß in Paris „auch nichts los" sei. Alles gesehen, alles sei genau wie in München. „Auf dem *Père la chaise* einmal — *herumgetanzt*, is aa nix!" — — —

In *Plitvice* kann man, was im Flachlande Kroatiens
unmöglich ist, reichlich und gefahrlos — Wasser trinken.
Wein ist aber besser, der Slibovitz ausgezeichnet.

Wir haben uns bemüht, möglichst viel von den
Wasserwundern dieser südkroatischen Märchenwelt auf die
photographische Platte zu bringen. Doch der beste Apparat
kann nicht das unsäglich schöne Farbenspiel offenbaren.
Wollte ein gottbegnadeter Künstler sie malen, *den* Menschen
möchte ich kennen lernen, der beim Anschauen der Bilder
dem Maler glaubt, die Wahrheit auf die Leinwand gezaubert
zu haben....

In Agram kann man immer viel Dinge hören, die man nicht
zu glauben braucht. Die Versicherung, daß es in der Lika
schon längst keine Räuber mehr gibt, das Reisen völlig
sicher und gefahrlos sei, hatte mein „Automobilherr" mit
Vergnügen entgegengenommen. Mir war in Erinnerung, in
einem Geschichtswerk gelesen zu haben: „Ni gora bez vuka,
ni Lika bez hajduka!" (Weder ist das Gebirge ohne Wölfe
noch die Lika ohne Räuber!) Der Spruch stammt aus
unruhigen Zeiten, als noch den Nordkroaten und
Slavoniern Likabewohner und Räuber sinnverwandte Worte
waren. Zu lesen war aber auch, daß der Likaner damals
nicht aus Habsucht Hajduk wurde, sondern aus
gekränktem — Ehrgefühl wegen Verprügelung; unter dem
überstrengen Grenzregime wurde das geringste Vergehen
grausam mit Stockschlägen usw. bestraft. Entehrenden
Strafen zu entgehen, flohen die kurzhändig Verurteilten ins
Gebirge; bitterste Not und Verzweiflung machten die
Hungernden dann zu Räubern. Als Kaiser Franz Joseph die
Leibesstrafe, die grausame Verprügelung, aufhob, hörten in
der Lika die Räubereien sehr rasch auf. Der letzte Hajduk
namens Toma Kovačević aus Vranik wurde im Jahre 1872
hingerichtet.

Von alledem sagte ich kein Wort. Aber als „Justamentmensch" und echt bayerischer Dickschädel wollte ich bezüglich der öffentlichen Sicherheit im südlichsten Zipfel Kroatiens und hart an der bosnischen Grenze, also „fern von Europa" eine „Probe auf das Exempel" machen, es auf einen räuberischen Überfall ankommen lassen. Also wurde die Geldtasche im Kasten des Hotelzimmers versperrt, als einzige Waffe wie immer nach alter Gewohnheit das griffeste Jagdmesser mitgenommen. Speiste vorher mit den Reisegenossen zu abend, und dann ging ich bei salzburgischem Schnürlregen „im Mondschein spazieren". Ein Ausflug in pechschwarzer Nacht auf einsamer Landstraße zur bosnischen Grenze. Mutterseelenallein und furchtlos, neugierig und erpicht, mit likanischen Räubern Bekanntschaft zu machen und etliche Worte auf Südkroatisch wechseln zu können.

„Schrecklich solide" Leute diese Likaner. Bleiben bei Muttern zu Hause, wenn es finster ist und schnürlregnet, lieben die Trockenheit und Wärme. Ein Vergnügen war dieser frostige Spaziergang so tief im Süden wirklich nicht; aber „poetisch" das Geheul frierender Dorfköter in langgezogenen elegischen Tönen.

Unweit des zweiten Dorfes auf dieser einsamen trutzigen Wanderung endlich ein verdächtiges Geräusch. Ein Knacken von Holz, das etwas Ähnlichkeit mit dem Aufziehen von Gewehrhähnen hatte. Also doch! Und gleich mehrere Räuber und schußbereit!

Nein! Richtige Raubgesellen machen vor dem Angriff nicht so blöden Lärm; auch ist es nicht üblich, daß echte Hajduken sich angesichts des Menschen, der überfallen werden soll, am Boden wälzen....

Zwei Esel waren die Spektakelmacher, zwei arme
Langohrige, die zur Nachtruhe die Packsättel los werden
wollten. Eine Grausamkeit höherer Art, den armen
Lasttieren niemals die Traggestelle vom Rücken zu nehmen.
Damals war mir noch nicht bekannt, daß nicht Grausamkeit
vorliegt, sondern tiefgewurzelter, bei den Südslaven
unausrottbarer Aberglauben, wonach die Stellen, wo sich
Esel wälzten, dem Menschen „fürchterliches" Unglück
bringen. Man läßt, beispielsweise auf der Insel Lissa, dem
Grauen den Packsattel ständig auf dem Rücken, damit der
Esel sich nie richtig wälzen kann.... In der Nähe des
lissanischen Städtchens Comisa hielt mich mein Begleiter
mit — Gewalt ab, den Fleck zu betreten, auf dem ein
Langohr Wälzversuche machte, um das lästige Gestell vom
Rücken zu bringen.

Mit dem Raubüberfall war es also nichts. Demgemäß
weitergewandert auf der einsamen Landstraße durch Nacht
und Finsternis. Auf südkroatischem Boden mit dem
Eigensinn und Trotz des niederbayerischen Dickschädels!

Irgendein Mensch, Kroat oder Bosniak, wird mir doch
begegnen in dieser
Finsternis. Und wissen, erleben wollte ich, ob der
südslawische
Mitmensch den einsamen Bajuvaren anbetteln oder
niederzuschlagen
versuchen werde.

Der Schnürlregen hatte aufgehört; kühl wehte ein
„südliches" Windchen, glitschigfeucht war die Straße. Ein
schlechtes Wandern.

Im Dickschädel regte sich die — Vernunft mit dem
Gedanken, daß das Hotel in Plitvice erreicht werden müsse,
bevor der Pförtner sich zur Nachtruhe begibt. Denn dem

Wanderer fehlte der Hausschlüssel, und Hotelportiers im ersten Schlafe „orgeln" überall sehr fest, hören in diesem Zustande schlecht.

Jetzt umkehren? Ohne einem Kroaten auf einsamer nachtumfangener
Landstraße begegnet und angegriffen worden zu sein? Nicht um das ganze
Königreich Kroatien! Auch dann nicht, wenn die kühle regenfeuchte Nacht
„fern von Europa" im Freien obdachlos verbracht werden müßte!

Der Dickschädel aus Niederbayern gibt nicht nach ohne Zwang! Und der Zwang muß überwältigend stark sein; ansonsten erreicht er nur gesteigerten Trotz.

Justament wurde weitergewandert.

Irgendwo vor mir erscholl Hundegebell. Also mußte ein Dorf oder doch ein Gehöft an der Straße liegen, ein Mensch durchgewandert oder doch vorübergegangen sein. Vielleicht pilgerte der nächtliche Wanderer mir entgegen? Wenn ja, bräuchte ich nicht länger weiterzumarschieren, könnte alsbald umkehren, in das Hotel zurückkehren; vorausgesetzt, daß der Dickschädel noch im Besitz seiner Spazierhölzer und sonst heilgeblieben sein wird.

Der Trotz schließt die Vorsicht nicht aus. Niederschlagen lassen lediglich aus Interesse für kroatische Verhältnisse wäre — übertriebene Sympathie, Abwehr eines Angriffs hingegen Pflicht der Selbsterhaltung. Demgemäß wurde der hemmende Wettermantel, wiewohl tropfnaß, gerollt und auf die linke Schulter genommen, das Jagdmesser in der Scheide gelockert, griffbereit gemacht.

Zu sehen war der „Entgegenkömmling" nicht, aber zu hören, denn fest der Tritt auf der quietschendnassen Straße. Demnach kein Bosniak in Opanken, sondern ein Kroat in soliden Stiefeln, oder ein Obersteirer in grobgenähten Goiserner Bergschuhen.

Der Luftzug wehte entgegen, brachte aber keine „Witterung" von dem nächtlichen Wanderer, der Kerl rauchte nicht. Ein Kroat, der nicht raucht, ist deshalb zwar noch nicht „suspekt", aber immerhin eine Ausnahme, wenn er Tobak besitzt. Ein leidenschaftlicher Raucher ohne Rauchzeug kann unter Umständen gefährlich werden.

Vorsichtshalber wurde das Jagdmesser nun doch ganz aus der Lederscheide genommen, die scharfgeschliffene Klinge in der Hand bereitgehalten. Hieb oder Stich je nach Bedarf augenblicklich möglich. In Notwehr selbstverständlich.

Auf Entfernung von etwa zwanzig Schritten mußte der Kerl gemerkt haben, daß ihm ein Mensch entgegenkam; er blieb stehen und horchte.

Das tat auch meine Wenigkeit. Überdies schnupperte ich, da der Wind etwas wie — Schafwitterung an die Nase brachte. Sind — Schafhirten gefährlich? Ich glaubte nicht daran und schritt weiter.

Nur noch fünf Schritte Entfernung. Schafdunst zum Übelwerden.

Distanz zwei Schritt. Der Kerl hob einen Arm in die Höhe. Das sah aus, als sei ein Schlag auf mein deutsches „Denker"haupt beabsichtigt. Aber der „Schafene" hatte keinen Stock in der Faust. Ob etwa einen Stein, das war in der Finsternis nicht zu erkennen. Groß und demgemäß gefährlich konnte der „Stein" nicht sein. Ein Steinchen brauchte der festgebaute bayerische Dickschädel nicht zu fürchten. Also drauf ankommen lassen! Schlägt der Kerl zu, bekommt er im selben Augenblick die Klinge des Jagdmessers in die Brust.

Ein Zuruf, zwei Worte in kroatischer Sprache: „Dobro noć!" (Gute Nacht!) Weich im Dialekt gesprochen, Schafwitterung dazu, dick und aufdringlich.

Dank meinerseits im Vorübergehen: „Lahko noć!" (Leichte Nacht!) und dazu ein Auflachen der Selbstverspottung wie des Vergnügens darüber, daß der Kerl sich vor mir — gefürchtet hatte.

So endete das „furchtbare" Abenteuer zu nächtlicher Stunde auf einsamer
Landstraße tief im Süden Kroatiens, im „Räuberwinkel" „fern von Europa".

Eine Wahl ohne Ochsen, ohne Wein.

Im Kroatien der dreißiger Jahre stand die ungarische Feudalverfassung in Geltung; der Schwerpunkt des gesamten Verwaltungssystems lag in der Autonomie der Komitate. An der Spitze der Komitate standen jeweils entweder ein erblicher oder ein vom König ernannter Obergespan (supremus comes, kroatisch: veliki župan = großer Führer). Dem Obergespan untergeordnet waren zwei Vizegespane (podžupani), die Ober- und Vizestuhlrichter sowie die Notare als Vollzugsorgane der Verwaltung und der Rechtsprechung (Gerichte). Justiz und Verwaltung waren damals wie überall in diesen Organen vereinigt (so z.B. in Tirol, in Bayern usw.). Diese Organe wurden in Kroatien —

gewählt und zwar von der „Kongegration" des im Komitat
ansässigen Adels auf jeweils drei Jahre. „Dekretiert" war,
daß diese Wahl, die zu jener Zeit auf lateinisch „restauratio"
genannt wurde, „frei" sein sollte, von der Regierung nicht
beeinflußt werden durfte. Was eine „Wahl" nach
ungarischem Muster, „frei" und von der Regierung nicht
„beeinflußt", bedeutet, weiß heutzutage jeder Gymnasiast
und Realschüler. Wie aber vor 1848 in Kroatien „gewählt"
wurde, erzählt Dr. von Tkalac in seinen
„Jugenderinnerungen" auf Grund von Mitteilungen, die er
aus dem Munde des — bereits genannten — Agramer
Obergespans Nikola von Zdenčaj, eines „berühmten
Wahlmachers", selbst erhalten hatte. Die Darstellung ist, wie
mir auf mehrfache Umfragen bestätigt wurde, richtig und
einwandfrei, wiewohl sie jedem Begriff von „Wahl" ins
Gesicht schlägt und das Dekret, betr. „Nichtbeeinflussung",
in noch nicht dagewesener Weise verhöhnt. Doch zu den
Verhältnissen jener Feudalzeit paßte der Vorgang im Komitat
Turopolje (Türkenfeld) zu Agram, Anfang der dreißiger
Jahre, ganz ausgezeichnet; die Wahl eines Vizegespans bleibt
typisch und ist wohl in Ewigkeit bezüglich „Freiheit" und
„Nichtbeeinflussung" nicht zu übertreffen. Sogar die
gegenwärtige jugoslavische Briefzensur in Agram, so
Erstaunliches sie leistet, ist kaum ein Abglanz jener
großartigen Willkürherrschaft seitens der
Komitatsgewaltigen.

Der Agramer Obergespan des Komitates Turopolje, Nikola
von Zdenčaj, sah der nötig gewordenen Neuwahl des ersten
Vizegespans, der „Restauration", aus dem Grunde mit
gewissem Unbehagen entgegen, weil sich sein Gehilfe
Lentulaj (etwa mit Ruderer, Steuerer, Lenker zu übersetzen)
der Neuwahl unterziehen mußte, Zdenčaj diesen sehr
verständigen, rechtlichen und diensterfahrenen Beamten
nicht verlieren wollte. Die Gefahr solchen Verlustes war

groß, da die Gegenpartei nicht Lentulaj, sondern einen Herrn Čegetek (Zwitscherer), einen kreuzbraven Mann, aber von geringen Verwaltungsfähigkeiten, „korteschierte", d. h. für ihn die Wahlagitation betrieb. Ein Teil des Landadels ließ ziemlich viel Geld springen, Gutsbesitzer spendeten Wein in Gebinden und Ochsen, welch letztere im ganzen am Spieß zur Belebung der Wahlstimmung auf dem Marktplatz in Agram gebraten werden sollten, jeden Abend zwei Ochsen bis zum Wahlschluß. „Wein in Strömen". Kein Wunder deshalb, daß die Turopoljer in dichten Scharen schon vor dem Wahltage nach Agram zogen und die schöne Stadt „bevölkerten". Für Speise und Trank war ja reichlich gesorgt; außerdem zogen diese Scharen lärmend und singend zur Belebung der Wahlstimmung unter Führung von Anhängern Čegeteks von Kneipe zu Kneipe.

Verbieten konnte der Komitatsgewaltige diese Umzüge der Turopoljer nicht, überhaupt vor der Wahl nicht eingreifen; das „Dekret" mußte „beachtet" werden „vor" den Wahltagen, wenigstens der Schein der Nichtbeeinflussung gewahrt werden. Mit Wein und Bratochsen zugunsten des ihm sympathischen Wahlkandidaten Lentulaj durfte Herr von Zdenčaj nicht „operieren".

Lentulaj selbst ließ angesichts der starkbetriebenen „Korteschierung" Čegeteks die Ohren hängen und die Hoffnung sinken. Am letzten Abend vor der Wahl sah er sich den Rummel auf dem Hauptplatz an, wo die Anhänger Čegeteks in weinseliger Begeisterung die am Bratspieß „duftenden" Ochsen betrachteten und ihren Kandidaten „hochleben" ließen.

Es war nichts zu wollen, gegen Čegeteks Freunde nicht aufzukommen. In gedrückter Stimmung ging Lentulaj zum Chef, dem Obergespan Nikola von Zdenčaj, und klagte ihm das Wahlleid: „Keine, nicht die geringste Aussicht, amice,

selbst wenn ich Geld für zehn Ochsen und hundert Fässer
Wein bester Sorte hätte! Ich werde nicht gewählt werden,
mit Glanz durchfallen!"

Der Komitatsgewaltige hatte zwar noch keine Idee, wie der
sympathische Wahlwerber und Vizegespan „durchgedrückt"
werden könnte, aber entschlossen war Herr von Zdenčaj zu
einer „männlich festen" Tat. Also lachte er zunächst und
sprach die aufmunternden Worte. „Laß mich nur machen!
Du wirst zum ersten Vizegespan ‚gewählt' werden, ohne
Wein und ohne Ochsen! Ich bürge dafür!"

Lentulaj dankte, glaubte nicht an solche Möglichkeit, hoffte
aber doch, da er die — Willenskraft des Obergespans aus
dem Dienstleben kannte, und verbrachte eine schlechte
Nacht zwischen schmerzlichem Verzicht und beseligender
Hoffnung.

Schon um acht Uhr morgens war der Sitzungssaal des
Komitathauses, „Aula" genannt, als Wahllokal, von
Wahlberechtigten und Neugierigen, die dort nichts zu tun
hatten, dicht gefüllt. Der Obergespan Nikola von Zdenčaj
konnte sich durch die Menschenmenge nur mit Mühe
hindurchdrängen und seinen Platz an dem Präsidialtische
erreichen.

Sonst als Komitatsgewaltiger ein kleiner Herrgott, war der
Obergespan diesmal nur eine geduldete, wenig beachtete
Persönlichkeit, der Wahlleiter, weiter nichts. Im
Stimmengewirr, dem Summen in einem Bienenkorbe
ähnlich, ging seine Ansprache völlig verloren; die Wähler
hörten wenig, die Anhänger Čegeteks gar nicht auf die Rede
Zdenčajs, mit der die Wahlhandlung eröffnet wurde.

Verärgert forderte der Obergespan „Silentium", und dann
schrie er in den menschenüberfüllten Saal die Mitteilung,

131

daß *zwei* Kandidaten, die Herren von Lentulaj und Čegetek,
zur Wahl stehen, einer von ihnen für den Posten des
Vizegespans zu wählen sei, und zwar der Einfachheit halber
„per acclamationem", durch Zuruf.

Diese „Einfachheit" paßte den Anhängern Čegeteks, die in
erdrückender
Mehrheit im Saale erschienen waren, ausgezeichnet in den
Kram.
Donnerähnlich wuchtig und brausend erschollen die Rufe
aus Hunderten von
Kehlen. „Wir wollen den Čegetek!"

Über die Lage konnte kein Zweifel mehr bestehen: es stand
ein einziger Mann, der Obergespan allein, gegen eine
erdrückende Mehrheit von Gegnern, die fest entschlossen
waren, nicht zu wanken, nicht nachzulassen, bis ihr Wille
durchgesetzt sei. Den Willen, nicht Čegetek, sondern seinen
erprobten Amtshelfer von Lentulaj „wählen zu lassen",
hatte aber der Obergespan. Und zum Willen hatte Herr von
Zdenčaj auch noch die Kaltblütigkeit, wiewohl er gleich den
Wählern Kroate, ein sonst hitziger Südslave war. Also rief
der Obergespan dröhnend in den Saal: „Silentium! Ich
kandidiere zwei Herren: Lentulaj und Čegetek? Wer davon
ist genehm? Lentulaj oder Čegetek?"

Ein ohrenbetäubendes Gebrüll brach los. Sämtliche
Anwesende im Saale, ausgenommen die Herren am
Präsidialtische, tobten und brüllten den Namen: „Čegetek!"

Obergespan v. Zdenčaj blieb ruhig und klaren Kopfes,
wiewohl er den
Ausruf zum dritten Male in den Saal schrie: „Silentium!
Čegetek oder
Lentulaj!"

In höchstgesteigerter Erregung, gereizt und aufgestachelt durch das
Verhalten des Präsidenten, der immer wieder den Namen des
Gegenkandidaten nannte, brüllte die Mehrheit. „Čegetek!
Nur Čegetek!
Kein anderer! Čegetek!"

Ein Stocktauber, ja ein — Toter hätte den Donnerruf, den in fanatischer
Wut gebrüllten Namen: „Čegetek!" hören müssen.

Der Obergespan wollte ihn aber nicht hören. Herr von Zdenčaj legte die
Hand als Schallbecher an das rechte Ohr, tat so, als horche er
angestrengt, und schüttelte in prachtvoll geheuchelter Gelassenheit den
Kopf.

Augenblicklich wurde es still im Saale.

Jetzt verkündete der Obergespan mit köstlichem ruhigem Spott: „Ich höre nur den Namen — Lentulaj!"

Ein Stutzen erst, dann brach der Entrüstungssturm los, donnernd, kreischend, vom Baß hinaufreichend bis zu den Fisteltönen hellster Wut. „Nicht Lentulaj, sondern Čegetek!"

Bisher hatte Nikola von Zdenčaj, in Wahrung seiner Würde als Komitatsgewaltiger, von seinem rotgepolsterten Fauteuil aus, *sitzend* zur Wählermasse gesprochen. Nun *stand er auf* zum Zeichen, daß eine *offizielle* Mitteilung verkündet werde.

Die Wähler verstummten in gespanntester Erwartung und horchten.

Herr von Zdenčaj in unerschütterlicher Ruhe erklärte: „*Ich*

habe bisher nur den Namen ‚Lentulaj‘ vernommen. Demgemäß
proklamiere ich amtlich in meiner Eigenschaft als Obergespan
und Leiter der Wahlhandlung Herrn von *Lentulaj* als
gewählt durch Akklamation zum ersten Vizegespan! *Herr
von Lentulaj ist — gewählt!*" Sprachs und setzte sich.

Viel Hunderte Wutschreie gellten durch den Saal, ein Orkan
der
Entrüstung entlud sich, wie wahnsinnig tobten die
geprellten nhänger
Čegeteks und brüllten den Protest: „Gewaltstreich! —
Nichtswürdigkeit!
— Gemeinheit! — Sind wir in der Türkei? Wir protestieren
— zu Protokoll!
Die Proklamation gilt nicht! Sie ist ungiltig!"

Statuengleich saß der Obergespan auf dem roten Fauteuil
und wartete ruhig, geduldig. Herr von Zdenčaj kannte seine
Leute und ließ sie toben, brüllen, protestieren, austoben.

Das dauerte eine Weile — dann aber flaute der Sturm ab. Es
wurde etwas ruhiger im Saale.

Der Obergespan verneigte sich leicht gegen die
Wählerschaft, wandte sich zum Obernotar am
Präsidialtische und befahl mit lauter Stimme: *„Die
Proklamation Lentulajs ist zu protokollieren!"*

Im Saale erst allgemeine Verblüffung. Die Leute waren
sprachlos vor Überraschung; denn viele hatten es doch
nicht für möglich gehalten, daß der Obergespan angesichts
des deutlich genug zum Ausdruck gebrachten Willens der
erdrückenden Stimmenmehrheit genau das Gegenteil
feststellen werde. Seine Gelassenheit, die souveräne
Nichtbeachtung der Mehrheit flößte wie immer jenes
Höchstmaß von „Respekt" ein, das teils ein Lachen hilfloser

134

Verlegenheit bewirkt, teils zu Anzeichen ungefährlicher
Drohungen reizt. Während ein Teil der übertrumpften
Anhänger Čegeteks lachte, ballten andere die Fäuste in
ohnmächtiger Wut gegen den schlaueren Obergespan, der
klug genug war, jetzt erst recht gelassen zu bleiben und alles
unterließ, was einen neuen Sturm hätte erzeugen können.
Herr von Zdenčaj erhob sich und forderte die Wähler auf,
mit Zuruf für die Stelle des zweiten Vizegespans entweder
Herrn Čegetek oder Herrn von Busić zu wählen.

Abermalige Verblüffung. Die Aufforderung mit Nennung
des Namens „Čegetek" an erster Stelle hatte die Wirkung
eines kalten Wasserstrahles auf die erhitzten Köpfe. Die
Leute glaubten, daß der Obergespan *jetzt ihren* Willen
erfüllen, *Čegetek* zum zweiten Vizegespan *haben möchte*. Das
aber wollten die Wähler justament nicht; sie wünschten
Rache zu nehmen und Zdenčajs „Plan" zu vereiteln.

Mit donnernden Zurufen wurde Herr — *Busić* gewählt.

Der Obergespan beherrschte sich völlig, nichts deutete an,
daß mit dieser Wahl ihm ein Wunsch erfüllt worden war, die
Wähler abermals „reingefallen" waren.

Nach erfolgter Protokollierung wurde das Wahlgeschäft
geschlossen; die „Komödie" war — aus. Langsam leerte sich
der Saal. Und schier jeder Čegetekianer guckte noch einmal
nach dem Gewaltigen am Präsidialtische, hoffend, ein
Lächeln oder eine Geste des Triumphes erspähen zu können.
Doch Herr von Zdenčaj wahrte die undurchdringliche
Gelassenheit und eiserne vornehme Ruhe, bis er sich in
seinem Arbeitszimmer und ohne Beobachter befand. Dann
erst schmunzelte er vergnügt.

Nach Jahren äußerte er sich zum jungen Herrn von Tkalac,
der ihn wegen dieser „Wahlhandlung", die in Kroatien viel

besprochen und belacht worden war, befragte, mit dem
Behagen einer angenehmen Erinnerung. „Es kommt bei
solchen Gelegenheiten nur auf Willenskraft und
Kaltblütigkeit des Obergespans an; wer diese nicht besitzt,
wird bei der ‚Restauration' immer geschlagen werden. Das
Geschrei von hundert Eseln ist nicht soviel wert wie die
einzige Stimme eines verständigen und ehrlichen
Menschen."

Ob nach Umfluß von drei Jahren jener Herr von Lentulaj
nochmals *ohne*
Ochsen und ohne Wein zum ersten Vizegespan gewählt wurde,
ist nicht
festzustellen, da gegenwärtig jede Verbindung mit dem
Agramer
Komitatsarchiv unmöglich erscheint.

Die tausendjährige Linde.

Kräftiger und süßer denn je dufteten die Blüten der riesigen
uralten, vielleicht tausendjährigen Linde nächst der Kirche
von Krašič (Kraschidsch), einem Winzerdorfe an der
östlichen Abdachung des Uskokengebirges in Kroatien. Den
Slaven war und ist die Linde ein geheiligter Baum, das
Wahrzeichen alter Rechte, für Freud und Leid, die
Beratungsstelle zum Austrag von wichtigen
Gemeindeangelegenheiten, von Streitigkeiten unter den
Bauern wie mit der Grundherrschaft. Sommerliche
Festlichkeiten, Tanzvergnügungen usw. wurden stets unter
der Linde, pod lipom, veranstaltet. Noch in den dreißiger
Jahren des vorigen Jahrhunderts wurde jede Dorflinde für
unverletzlich gehalten, selbst ein abgestandener Baum
niemals gefällt; Sagen und Märchen, viel Aberglauben

umrankten die Linde, der man keinen Ast abbrechen durfte, weil jede Beschädigung als Verbrechen ähnlich der Kirchenschändung erachtet wurde. Der Stamm der Riesenlinde von Krašič hatte einen Umfang von mehr als zwei Klaftern; der Baum stand in voller Herrlichkeit und blühte im Juli 1838 so wonnig, kräftig und süß, wie sich die Dorfbewohner und auch der alte Pfarrer nicht erinnern konnten. Es galt in Krašič für sicher, daß dieser außergewöhnlich starke Blütenduft der Dorflinde etwas bedeuten müsse; doch konnte niemand, auch der weißhaarige Župnik (Pfarrer) nicht, sagen, was die Ursache sei, und was der Duft ankündigen wolle, der über die Gemarkung des Dorfes hinausdrang und, zeitweilig vom Luftzug verweht, sogar in den Weinbergen der Novakovičgora noch wahrzunehmen war.

Diese Linde überragte alle Dächer, schirmte sozusagen das Kirchenschiff und den Widum (Pfarrhaus) und glich gewissermaßen den Schwingen einer Gluckhenne, unter denen die Kücken Schutz finden.

Stolz waren die Krašićer auf ihre Riesenlinde so hoch und breit. Wegen des überstarken Blütenduftes im Juli schüttelte aber der Župnik wie der Starešina den Kopf. Der Älteste (Dorfvorsteher) Zaka (Zacharias) glaubte, daß der fast betäubende Duft ein großes Unglück ankündigen werde, war aber außerstande, zu sagen, was als ein besonderes Unglück anzusehen wäre. In seligem Frieden mit der gräflichen Grundherrschaft lebten die Dörfler allerdings nicht; der Haß galt nicht der gräflichen Familie, sondern den Gutsbeamten, die sich mit dem Neuntel von Getreide und Heu, mit dem Zehntel von der Weinfechsung nicht begnügten, regelmäßig die Hälfte forderten, aber nicht immer erhielten.

Bisher hatten die Krašićer beim Domanialgericht Klage

geführt, immer wieder Beschwerde eingelegt, aber nichts zu ihren Gunsten erreichen können. Der Richter stand auf Seite der Gutsherrschaft; die Beamten wollten nicht locker lassen und hatten dafür ihre Sondergründe.

In der pfarrlichen Arbeitsstube, durch deren offen stehende Fenster der Lindenblütenduft wonnig eindrang, sagte der Starešina, ein großer, noch immer schöner Mann im Weißbart, zum allgemein verehrten Priestergreise. „Der Duft ist zu stark; er gefällt mir nicht! Ich gehe nach Karlstadt und will fragen, was er bedeutet!"

Der ehrwürdige Pfarrer konnte und wollte den Dorfvorsteher vom Gang zur Kreisstadt nicht abhalten, hatte jedoch den Wunsch, zu verhüten, daß sich der Starešina mit der komischen Frage nach der Ursache des überstarken Blütenduftes bei der Beamtenschaft in Karlstadt lächerlich mache und verhöhnt werde. In der Meinung, daß der Vorsteher in einem Scherz das Körnchen Ernst herausfinden werde, verwies der Pfarrer auf den Spruch: „Ne prelazi na cetir noge mosta!"[15]. Damit wollte der Župnik andeuten, daß man *nicht überstürzt reiten*, das Pferd am Zügel führen solle, weil möglicherweise die Brücke morsch sei. Vor einem übereilten Schritt wollte der Pfarrer den Vorsteher abhalten oder doch warnen.

Der Starešina hob den weißbebuschten Kopf, richtete die blitzenden Augen auf den Župnik und sprach. „Wer *zu Fuß* geht, kommt auch über eine baufällige Brücke!" Nach kurzem Abschied verließ der Vorsteher das Pfarrhaus und stapfte nach Karlstadt.

Zwei Tage später stand er wieder vor dem Pfarrer und berichtete, daß der überstarke Blütenduft der Linde „neue Rechte", nove pravice[16], ankündigen wollte, ein neues Urbanialgesetz, das der Kaiser und König den Bauern zum

Schutz gegen die aussaugenden Grundherren gegeben habe. Mit der Raubwirtschaft und Bauernschinderei sei es jetzt zu Ende; die Bauern hätten nun mit kaiserlicher Ermächtigung ein Recht, Neuntel, Zehent und Robot zu verweigern, ihre Peiniger, die Blutsauger, zurückzuwerfen und zu verprügeln, wenn die Gutsbeamten mit Gewalt vorgehen.

Der Pfarrer ahnte Schlimmes und bat flehentlich, jede Gewalttat zu unterlassen, das Neuntel von der beendigten Ernte diesmal noch zu geben, da einstweilen vom Reichstag nur die „königliche Proposition" angenommen, das Gesetz selbst vom Monarchen noch nicht „sanktioniert", nicht vollziehbar sei.

Der Starešina war nicht zu belehren, die Mitteilung von dem in Budapest angenommenen Gesetz zum Bauernschutz zu Kopf gestiegen. Er wollte nicht mehr auf den Pfarrer hören, wiewohl der Vorsteher sonst zugänglich war und mit allen Gemeindeangehörigen den greisen Župnik aufrichtig verehrte. Scharfen Tones, metallhart sprach der Starešina die Worte. „Jetzt wird die Linde sprechen; sie allein entscheidet mit dem letzten Wort!" Damit verließ der alte Zaka den Widum und blieb dem Pfarrer fern.

Von Haus zu Haus lief die aufwühlende Kunde von dem „neuen Recht". Und für den nächsten Sonntag nach Beendigung des Gottesdienstes wurde der „Rat unter der Linde" einberufen. Die „Linde sollte sprechen"....

Schwere Befürchtungen erfüllten die Seele des ehrlichen Pfarrers, der sich entschloß, in der nächsten Sonntagspredigt die Gemeinde vor den Folgen der Zinspflichtverweigerung umso mehr eindringlich zu warnen, als im Dorfe Leute auftauchten, die zweifellos zu offenem Widerstand aufreizten und den Bauern alle Freiheit und obendrein eine goldene Zukunft versprachen.

Fast ein halbes Jahrhundert hindurch war der Pfarrer unter
oft bitterharten Verhältnissen Seelsorger, doch nie fiel ihm
der Gang zur Kanzel so schwer wie an diesem Sonntag.
Und wie er den Leuten zureden sollte, wußte er nicht, als er
bereits auf der Kanzel stand. Beim Anblick der Männer mit
gewissermaßen bissigem Gesichtsausdruck kam die
Erleuchtung plötzlich und ebenso jäh der unbeugsame
Entschluß, all die Beliebtheit und Verehrung dranzusetzen,
den verhetzten Bauern rückhaltlos, unbekümmert um die
Folgen für den Prediger, die Wahrheit zu sagen. Und so hub
der greise Župnik zu sprechen an, daß es leicht sei, im
schwer arbeitenden und unter harten Lebensverhältnissen
leidenden Volke mit lockenden Worten große, ja ungeheure
Hoffnungen auf schrankenlose Freiheit und goldene Zeit zu
erwecken. Wer die leichtgläubige, begehrliche, geldlüsterne
Menge mit frechen Versprechungen überschütte, der habe
immer gewonnenes Spiel, mag der Schwätzer ein Verräter,
ein Dieb, ein Überläufer, ein Schuft sein. Das Volk opfert
immer für eine glänzende Hoffnung die kleine Habe, das
bißchen angeborenen gesunden Menschenverstand.
Blitzdumm sei es, die wenigen letzten Gulden den
Schwätzern nachzuwerfen in der Hoffnung, daß die
kommende Zeit Dukaten in schwerer Menge einbringen
werde. Die Zukunft bringe aber kein Geld, überhaupt
keinen Gewinn, dafür aber bittere Enttäuschung und
schweres Unglück in der Familie, in der Gemeinde, im
Vaterlande. Das sei immer und überall so gewesen, wo
Geldgier und Faulheit größer waren als Verstand und
Vernunft. „Die Gescheitesten auf Gottes weiter Erde sind wir
Kroaten schon in früheren Jahrhunderten nicht gewesen,
weil wir für andere Leute und fremde Interessen Blut und
Leben hingegeben, dafür keine Entschädigung, nicht mal
ein Dankeswort erhalten haben. Leute von Krašić! Zeiget
doch ihr, daß wir nicht die Dümmsten von Kroatien sind!
Ein bissel dumm sein, ist ja ganz nett und bekömmlich für

Leib und Seele! Aber die Allerdümmsten wollen wir nicht sein! Wir sind es aber, wenn wir auf ein Gesetz pochen, das noch nicht Gesetzeskraft erlangt hat, weil der Kaiser-König es noch nicht sanktioniert hat. Es muß das Neuntel von Getreide und Heu gegeben werden, weil der Monarch die Bauern *noch nicht* von dieser Abgabenpflicht befreit hat! Sobald das geschehen ist, das Gesetz rechtskräftig geworden ist, bin ich der erste, der es verkündigen und euch auffordern wird, der Grundherrschaft das Neuntel und Zehntel zu verweigern! Bis jetzt sind wir *noch nicht* so weit: wir müssen zinsen! Seid vernünftig, Männer von Krašić!"

Ein Gepolter machte den Kanzelredner stutzig. Der Pfarrer hielt inne und guckte betroffen auf die Bauern, die rücksichtslos aus den Kirchenstühlen traten, in Haufen das Gotteshaus verließen. Nur Weiber und Kinder blieben beim greisen Pfarrer zurück, der die Predigt jäh beendete und tiefbetrübt den Gottesdienst fortsetzte.

Unter der duftenden Linde versammelten sich die Dörfler von Krašić zum Schwur, alle Abgaben der Grundherrschaft zu verweigern, die „Blutsauger" (Beamten) mit Gewalt zu vertreiben, wenn nötig totzuschlagen. Denn damit sei der Kaiser-König einverstanden, der die alten Rechte (stare pravice) erneuerte und der Bauernschinderei ein Ende gemacht habe.

Gegen den greisen Pfarrer fiel kein Wort; die Verehrung saß tief genug, die Dankbarkeit wurzelte so fest, daß einer der Hetzer aus Karlstadt, der zu einer Art „Katzenmusik" vor dem Widum auffordern wollte, regelrecht verprügelt und aus dem Bereich der heiligen Linde entfernt wurde. Und nach Beendigung der Versammlung unter der Linde ging der Starešina zum greisen Pfarrer und bat um Verzeihung, daß die Bauern so rappelköpfisch während der Predigt die Kirche verlassen hatten.

„Wenn es nur das wäre! Es wird noch viel schlimmer kommen!" meinte ahnungsvoll der bekümmerte Župnik.

„Wollen wir hoffen, daß der König das Gesetz sanktioniert, *bevor* die
Ernte eingebracht ist!"

Der greise Pfarrer verwies auf die Langsamkeit, mit der in Pest und Wien gearbeitet werde.

„So? Dann trägt der König Verantwortung und Schuld!"

„Und die Krašićer werden in — Blut schwimmen!"

Der alte Zaka richtete einen langen Blick auf den greisen Pfarrer, seufzte tief und ging.

Als die Linde verblüht hatte, ihr auffallend starker Duft erloschen war, brachten die Bauern die letzten Garben unter Dach und Fach. Der übliche Erntejubel unterblieb. Die Spannung war zu groß, die Erwartung, was nun erfolgen werde.

Der Starešina ging nach Karlstadt und fragte bei der Vizegespanschaft an, ob das Urbanialgesetz sanktioniert worden sei. Er kam mit dem betrübenden Bescheid zurück, daß bis auf weiteres alles beim alten bleibe, also das Neuntel der Ernte gezinst werden müsse, widrigenfalls die bockbeinigen Bauern mit Gewalt dazu gezwungen würden. Alle Bauern, nicht nur die von Krašić!

Das Wetter schlug um. Auf die südlich-heißen Erntetage folgten windgepeitschte Regengüsse, die den Boden Kroatiens in Morast verwandelten, den Verkehr unterbanden. Auf Seitenstraßen und Dorfwegen konnten Ochsenfuhrwerke kaum durchkommen.

Die Bauern des abseits gelegenen Dorfes Krašić frohlockten in der
Meinung, daß das Neuntel ihnen verbleiben werde, einmal weil der
„Lindenschwur" bekannt geworden sei und die Herrschaft eingeschüchtert
habe, und dann, daß den Blutsaugern die — Rache verregnet sei.

Verregnet war allerdings auch der Erntetanz unter der Linde; er sollte stattfinden am nächsten sonnigen Sonntag.

Der Warmwind flog über das Land und trocknete rasch auf. Schon am zweiten Tage darauf staubte die gute Straße von Karlstadt nach Ogulin wieder. Und die Sonne brannte hernieder.

In Krašić war es rasch trocken, die Linde hatte sich alle Tropfen vom
Laub geschüttelt; köstlicher Erdgeruch überall, wonniger Duft in den
Rebgeländen.

Im Dorf erscholl heftiges Peitschengeknall. Herrschaftliche Gutsbeamte waren mit Leiterwagen gekommen, wollten das Neuntel von den Bauern einheimsen und wegfahren. Eine rücksichtsvolle Neuerung: man *holte* das Neuntel, *ersparte* den *Zinspflichtigen* die *Bringung* zum weit entfernten gräflichen Schlosse. Dagegen hieß es: Rasch heraus mit dem Getreideneuntel! Alsbald gab es Lärm in Haus und Scheune des Starešina, dessen Enkel ausliefen wie bei Feuersnot und Einsturzgefahr.

Und sogleich wimmerten die Kirchglocken, riefen um Hilfe gegen Bedrücker und Nötiger.

Gemäß dem „Schwur unter der Linde" rückten die Bauern aus mit Beilen, Sensen, Schaufeln und sonstigem Werkzeug, das zum Schlagen gebraucht werden kann. In regellosen Haufen setzten sich die Krašićer zur Wehr, griffen an.

Der Starešina Zaka wollte freilich nur die Verjagung der habgierigen Gutsbeamten und ihrer Helfer; aber einmal im Angriff wurde in den Bauern die Kampflust der Südslaven, mit ihr die Wut gegen die Peiniger und Blutsauger lebendig. Und da gab es kein Halten mehr. Halbtot wurden die Handlanger geschlagen, und nur der gräfliche Upravnik (Verwalter) konnte sich unverletzt retten, weil der Dorfvorsteher sich schützend vor ihn gestellt hatte.

Mit dieser Hilfeleistung erreichte der Starešina aber nur die —

beschleunigte Benachrichtigung der Gutsherrschaft von dem Krawall in
Krašić und deren Verlangen von *militärischem* Schutz bei der Komitatsbehörde.

Geheuer war dem Vorsteher nicht, als er die übel zugerichteten
Gutsknechte erblickte, denen die Bauern und das Weibsvolk nicht den
geringsten Beistand leisten wollten. Sogar das Verbinden der halbtot
Geschlagenen wurde verweigert. Der Haß war zügellos geworden. Nur mit
Mühe konnte der alte Zaka seine eigenen Angehörigen dazu bewegen, die
Verletzten notdürftig zu verbinden und auf einem Leiterwagen bis in die
Nähe des gräflichen Schlosses zu fahren, wo die Knechte wie gebundene
Kälber abgeladen wurden. Worauf die Starešina-Leute *sofort*

Reißaus
nahmen und im Galopp davonrasselten.

Zaka selbst wanderte nach Karlstadt, wo er den Sachverhalt
vorbringen, um „gut Wetter" bitten wollte. Was er von den
Schreibern zu hören bekam, lautete bereits übel genug; bis
zum Vizegespan gelangte der Starešina überhaupt nicht.
Und im Gerichtsgebäude äußerten etliche Juratuši
(Auskultatoren, Rechtspraktikanten), daß wegen der
Schandtat in Krašić das Standrecht verkündet, jeder dritte
Mann werde gehängt werden. Und wenn der Starešina
nicht schleunigst verschwinde, werden ihm als dem
„Oberhetzer" fünfzig Stockprügel auf Grund der „alten
Rechte" verabreicht werden.

Stehenden Fußes verließ Zaka die Kreisstadt und und lief
heim, so rasch es den steifen alten Beinen noch möglich war.
Er eilte auch noch in das Dorf Jaska, das an der Straße von
Agram nach Karlstadt lag, und wo der Vizestuhlrichter
Žaba (Frosch) seinen Amtssitz hatte. Diesen
Gerichtsbeamten wollte der Starešina um Rat und
Fürsprache bitten. Aber der Herr war nicht zu Hause. Dem
alten Vorsteher entschlüpfte die Äußerung, daß der Richter
nie zu Hause sei, wenn man ihn zu Rat und Hilfe benötige.
Wegen dieser Bemerkung wollte der Gerichtsdiener dem
alten Zaka ein viertelhundert „amtliche" Stockprügel
„aufmessen".

Verängstigt und erbittert tat der Starešina im Heimatdorfe
das Dümmste, so er tun konnte: er rief die Bauern unter die
Linde und erzählte ihnen seine Erlebnisse in Karlstadt und
Jaska.

Die Folge dieser aufreizenden Mitteilung war, daß die Krater
Bauern nicht nur alle Schlagwerkzeuge, sondern auch
Schußwaffen hervorholten, sich zum Empfang von

Panduren (Gerichtsdienern) und Gendarmen bereithielten, nicht mehr abwehren, sondern in entfesselter Mordlust alle Personen totschlagen wollten, die aus der Kreisstadt und von Jaska kommen würden.

Zu spät merkte der Starešina, was er angerichtet hatte, und daß sich dieser Sturm nicht mehr beschwören ließ. An die Möglichkeit, daß der Gutsherrschaft Militär zum Schutz gegeben werden könnte, dachte er überhaupt nicht.

Groß war deshalb die Überraschung, als am dritten Tage nach dem Krawall eine verstärkte Kompagnie Soldaten mit Offizieren und mit einem Hauptmann zu Pferd an der Spitze in Krašić einrückte. Reden konnte der Vorsteher nicht mehr, nur mitlaufen, als die zum erbitterten Kampf entschlossenen, mit allerlei Mordwaffen ausgerüsteten Bauern zur Linde sprangen.

„Unter der Linde" hielten sich die Bauern gesichert, vor dem ersten Angriff der Militärmacht gefeit. Mochten auch glauben, daß die Soldaten das Schießen nicht wagen würden, solange man im Bannkreis der „heiligen" Linde stehe. „Pod lipom" fand der Starešina auch die Sprache wieder, die für einen Vorsteher nötige Intelligenz freilich nicht, denn er richtete an den Kapetan (Hauptmann) die naive Frage, was das Erscheinen so vieler, nicht zu Gast geladener Soldaten in Krašić zu — bedeuten habe.

Der Hauptmann verstand nicht Kroatisch und ließ durch den Profosen fragen, was der Starešina mitteilen wolle.

Für sein Patriarchenalter war Zaka ein arger Hitzkopf, oder es hatte ihn der höhnische Ton, das spöttische Lachen des Profosen außer Fassung gebracht; der Vorsteher rief erregt, daß das kleine Dorf so viele Soldaten nicht beherrbergen könne, dazu keine Lust habe; die Bauern von Krašić aber wollen weiter nichts als ihre vom Kaiser-König gegebenen Rechte. Zum Schluß krähte der alte Zaka die Forderung, daß die Soldaten sofort abzumarschieren hätten!

Lachend übersetzte der Profos die „Befehle" des Starešina dem Hauptmann, dem man das Erstaunen über das Verhalten des Dorfvorstehers und des sichtlich angriffslustigen Bauernhaufens anmerken konnte. Eine kurze Zwiesprache folgte in scharfem Ton seitens des Kommandanten, der an dem „Spaß" bereits genug hatte.

Der Profos meldete nun dienstlich und ernsthaft auf kroatisch: der ganzen Kompagnie samt Offizieren sei sofort im Dorfe gutes Quartier zu beschaffen und reichliche Verpflegung mit Wein zu geben. Wer sich weigere, erhalte erstmals fünfundzwanzig Stockstreiche. Die Bauern haben alle Gewehre „unter der Linde" niederzulegen, dann schleunigst heimzugehen und für Quartier zu sorgen; ansonsten fünfzig Stockprügel für jeden Agrikel. Wer sich weigert oder gar lärmt, wird an der Linde aufgehängt! „Vorwärts, marsch!"

Der Starešina verlor den Verstand, brüllte tobsüchtig, warf seine Tabakspfeife zu Boden und zerstampfte sie. Brüllte aus Leibeskräften: „Sind wir Hajduken? Uns ehrlichen Bauern eine solch schändliche Behandlung! Gehet fort, Soldaten, von hier, wo ihr nichts zu suchen habet! Mit unseren Schindern werden wir schon alleine fertig! Fort mit euch!"

Mehr als die herausgeschrienen Zornesworte des Dorfältesten wirkte auf die Bauern die Tatsache, daß der Starešina sein kostbarstes Gut auf Erden, die silberbeschlagene Tabakspfeife, mit den Füßen trat. Dies war bei ihm das Zeichen für die höchste Entrüstung, für die größte Wut, das Signal, daß nun „ausgeredet" sei und mit aller Schärfe „gehandelt und eingegriffen" werden müsse.

Ein erneutes Gespräch zwischen dem Kapetan und dem Profosen blieb unbeachtet im Trubel an der Linde; doch horchten die Bauern auf, als der Profos die Drohung rief, daß der Starešina als erster fünfzig Stockprügel sofort „aufgemessen" erhalte, wenn die Leute nicht augenblicklich die Waffen niederlegen und still auseinandergehen würden.

Zur Verstärkung der Drohung zog der Hauptmann hoch zu Roß den Säbel.

Nun gab es kein Halten mehr. Die Wut der Bauern war entfesselt. Etliche der Jungbauern sprangen los, der Kapetan wurde vom Pferd gerissen trotz heftiger Abwehr mit Säbelhieben, zu Boden geworfen und mißhandelt.

Kommandorufe der anderen Offiziere erschollen, Schüsse blitzten auf.
Vier Bauern fielen tot nieder; andere wurden schwer angeschossen.

Brüllend und rasend vor Wut warfen sich alte und junge Bauern auf die
Soldaten, schlugen mit Beilen, Hacken und Sensen, Schaufeln und Knütteln
los. Die Flintenträger drehten die Gewehre um und droschen mit den
Kolben auf Infanteristenköpfe.

Die Soldaten feuerten abermals. Etwa zehn Bauern stürzten leblos zu
Boden. Zu einer weiteren Salve kam das erste Glied nicht mehr: die
rasenden Bauern schlugen die Reihe nieder; das zweite Glied mußte mit
Kolbenhieben abwehren.

Über den Knäuel verkämpfter, blutender und sterbender
Bauern und
Soldaten hinweg feuerte das dritte Glied auf die
anstürmenden, rasenden
Krašićer abermals eine Salve, die breite Lücken riß und zur
Flucht
zwang.

Auf die springenden Bauern schossen die ausschwärmenden
Soldaten nun wie auf Hasen im Kesseltreiben, rasch,
„lustig" und erfolgreich. Etwa zwei Dutzend Krašićer fielen
bei dieser „Jagd".

An der Linde lagen etwa fünfzehn Bauern, darunter mit
zerschmettertem Schädel der Starešina Zaka und an zehn
Infanteristen, teils tot, teils sterbend.

Vom Geknatter der Schüsse aufgeschreckt, rannten die
Weiber aus den Häusern und zur Linde. Heulend die einen,
kreischend und fauchend die anderen; etliche so wütend,
daß sie einzeln stehende Soldaten angriffen, die Mühe
hatten, die rabiaten Weiber abzuwehren.

Hornsignale riefen die Kompagnie zum „Sammeln" Der
Platz um die Dorflinde wurde im langsamen Vorschreiten
gesäubert, das Weibervolk gegen die Häuser
zurückgedrängt. Der Profos verkündete auf kroatisch, daß
erschossen werde, wer vom Zivil ein Haus betrete oder
verlasse. Einquartierung dazu. Jedes Haus wurde militärisch
besetzt. Das konnte erzwungen werden. Der Weiber in den
Häusern vermochten die Soldaten aber nicht Herr zu
werden. Die Zungen waren nicht zu bändigen, die Tränen
der Witwen nicht zu stillen.

Wortkampf und Fluchen in jeder Hütte.

Und als sich die Kunde wie Flugfeuer verbreitete, daß der Vizestuhlrichter von Jaska zu Wagen angekommen sei, konnten die Soldaten die wütenden Weiber nicht in den Häusern halten. Reden und abrechnen wollten die Weiber mit diesem Behördenmanne, der ihrer Meinung nach seine Pflicht gröblich verletzte, weil er nicht zu Hause war.

In flatternden Röcken, mit aufgelöstem Haar, kreischend und fluchend stürmten die Weiber zum Lindenplatz, wo sich der Vizestuhlrichter mit zwei Offizieren um den übel zugerichteten Hauptmann bemühte. Sein Unterbeamter, ein junger Juratuš, suchte im Knäuel der Bauern und Soldaten nach, wer noch am Leben war.

Der Vizestuhlrichter, ein angejahrter, erfahrener Mann, war dienstlich in Karlstadt festgehalten gewesen, konnte nicht rechtzeitig in Krašić erscheinen. Mit der Volksseele vertraut, insbesondere ein Kenner der Südslavin wußte er, daß, wie die Bosnierin, auch die Kroatin im Zorn ihren Kindern, so diese ungehorsam sich erwiesen, die Schmerzen der Geburtswehen vorhält in der Meinung, dadurch die ahnungslosen Kinder hart zu strafen. Auf Grund solcher psychologischer Kenntnisse war Herr Žaba auf „kräftige" Vorwürfe seitens der Krašićer Weiber wegen seines verspäteten Erscheinens gefaßt. Den Hagelsturm von Verwünschungen und Flüchen, wie er in wilder Wut und fanatischer Kraft niederbrauste und -prasselte, konnte der Richter aber doch nicht ahnen. Ein Wortgeschmetter gräßlichster Art von tobsüchtigen Weibern, die gewillt waren, den schuldlosen Gerichtsbeamten in Fetzen zu zerreißen, und nur von herbeigeeilten Soldaten von Mord und Totschlag abgehalten werden konnten.

Alle Seelenkunde ließ Žaba im Stich; solchem Verfluchen war er, selbst ein Südslave und dem Einfluß eigenartiger Erziehung und absonderlicher Verhältnisse unterworfen,

nicht gewachsen; sein Denken wurde verwirrt, die Seele in
Angst vor Verdammung versetzt dadurch, daß schwangere
Weiber, deren Gatten erschlagen und erschossen auf dem
Dorfplatze lagen, dem Richter die Verantwortung an dem
furchtbaren Unglück aufluden, ihn vor den Richterstuhl
Gottes forderten und seine Sterbestunde verfluchten.
Sinnverwirrt, an vermeintliche Schuld nun selbst glaubend,
wiewohl schuldlos, klagte er sich vor den tobenden Weibern
der Nachlässigkeit und leichtsinnigen Verspätung an;
besinnungslos rannte er von einer Leiche zur anderen, bat
jeden Toten um Verzeihung und heulte, da er keine Antwort
bekam.

Die Offiziere, von den Weibern maßlos beschimpft, machten
der Szene ein Ende, führten den sinnverwirrten Richter von
dem Lindenplatz weg und redeten ihm zu, Vorkehrungen
für die — Beerdigung zu treffen. Dadurch gerieten die
Gedanken auf den greisen — Pfarrer, den kein Auge erblickt
hatte.

Von der Domestika erfuhr man, daß der hochwürdige
Pfarrer tags vorher nach Agram gefahren war und für den
Abend in Krašić erwartet wurde.

Der zappelige Richter verfügte die Verbringung der Leichen
in die —
Kirche und sandte Boten nach Jaska, die — Särge beschaffen
sollten.
Diese Anordnung beruhigte in etwas die Weiber, die auf
Zureden älterer
Männer auch in die Häuser zurückkehrten und für die
Soldaten kochten.
Nicht aus christlicher Barmherzigkeit, sondern im
Bestreben,
Plünderungen zu verhindern. Dann eilten die Witwer in die
Kirche zu

151

ihren Toten....

Der verwundeten Soldaten wegen kam ein Militärarzt, der sich auch der verletzten Bauern nach Möglichkeit annahm.

Daß der Schreiner in Jaska Särge in großer Anzahl weder vorrätig hatte noch sofort beschaffen konnte, war vorauszusehen; der sinnverwirrte Richter erwartete jedoch das Unmögliche, brachte mit seinem Geschrei neue Aufregung in das Dorf.

Nicht ein einziger Sarg wurde gebracht. Die Boten kamen nicht wieder.

Spät am Abend kehrte von Agram der greise Pfarrer zurück. Die
Schreckenskunde raubte dem ehrwürdigen Seelsorger die Sprache.
Erschüttert vergoß er Tränen bittersten Leides. Unter der Linde von
Greisen, Weibern und Kindern umringt, suchte er Trost zu spenden, die
Leute zu beruhigen, von Rachegedanken abzulenken. Freilich schreie das
vergossene Blut gen Himmel, doch die Rache liege bei Gott....

Betend verbrachte der Pfarrer mit den Witwen die schwüle Nacht bei den
Toten in der Kirche. Am Morgen konnte er noch die Trauermesse lesen.
Dann aber machte der Verwesungsgeruch der Leichen den Aufenthalt in der
Kirche unmöglich. Schnelle Beerdigung war geboten. Särge hatte man
nicht.

Verschwunden der Richter, die Offiziere. Aus benachbarten Dörfern kamen Bauern in Scharen. Von der Gutsherrschaft ließ sich niemand blicken. Unschlüssig warn die Soldaten bezüglich ihres Verhaltens; der Befehl lautete, niemanden aus den Häusern zu lassen; doch die Leute wollten zur Beerdigung gehen, die persönliche Freiheit erzwingen. Die Gefahr eines neuen Krawalls stieg bedrohlich auf. Da ließen die Soldaten alle Leute frei. Auf Anordnung des Pfarrers wurden die Todesopfer auf Brettern auf den Friedhof getragen und in ein gemeinsames Riesengrab gelegt. Was arbeitsfähig war, mußte mithelfen, auch die Gaffer aus den Nachbardörfern.

Am Riesengrab der siebenundzwanzig Leichen sprach der greise Pfarrer nicht viel, aber eindringlich von der Strafe Gottes für jene, welche die Verantwortung zu tragen haben.

Glühend brannte die Sonne Kroatiens hernieder; der Verwesungsgeruch drängte zur Eile. In aller Hast mußte das große Grab zugeschüttet werden.

Mit der Mahnung zum Frieden, zur Rückkehr in die Häuser, zu Gebet und Arbeit entließ der Pfarrer das tieferschütterte Volk. Und wie betäubt und gebrochen wankte er dem kleinen Widum zu....

Während der heißen Nachmittagstunden schien das Dorf ausgestorben zu sein. Niemand zu sehen, auch die Soldeska nicht, kein Offizier; verschwunden die Gaffer aus den umliegenden Dörfern. Tot die Stätte des Jammers, leer der Platz um die tausendjährige Linde von Krašić.

Gegen Abend Wagengerassel, Lärm und Befehlsrufe: der Oberstuhlrichter von Karlstadt war mit Gerichtsbeamten und etlichen Juratuši gekommen, wollte „ptotokollieren". Der stellvertretende Starešina mußte erst die Offiziere herbeirufen, dann die älteren Männer von Krašić. Tatbestandaufnahme unter der Linde. Tische und Stühle wurden aus dem Widum geholt, der Protest der Domestika höhnend verlacht.

Mit „vorbereiteten Protokollen" konnte summarisch „gearbeitet" werden; es ging glatt bezüglich der Aussagen der beteiligten Offiziere. Die älteren Bauern von Krašić wollten nicht reden, konnten überhaupt nicht schreiben und hatten etwas im Blick, das den Oberrichter schwer reizte und schreien machte: „Wir wissen schon, was ihr wollet! Eure Rechte! Wir werden euch zeigen, was eure Rechte sind! Was geschehen ist, habet ihr reichlich verdient! Schade ist, daß nicht alle Aufrührer erschossen und erschlagen worden sind! Die Protokollierung seid ihr nicht wert! Gehet alle zum Teufel! Fort!"

Die Juratuši schrieben emsig weiter. Es mochte sich um das „Generalprotokoll" handeln, für das die Unterschrift der Hauptperson, des Dorfpfarrers, gewünscht und benötigt wurde. Zwar erschien schleppenden Ganges, gebeugt und zermürbt von dem schweren Schicksalsschlag der Seelsorger im Weißhaar vor dem Tisch des Oberrichters unter der Linde, hörte demütig und aufmerksam an, was mit zuckersüßer Stimme freundlich lockend gesprochen wurde, doch die Antwort war ein Kopfschütteln, das die Silbersträhne flattern machte.

Der Ton der Bitte um die Unterschrift des Župnik wurde weich und flehend.

Das Weißhaar flatterte heftiger.

Eindringlich wurde der Hinweis, daß der Priester es in der Hand habe, seiner Gemeinde den Frieden zu bringen, der Behörde die schwere Arbeit zu erleichtern und abzukürzen.

„Ich kann nicht unterschreiben! Und ich will nicht!"
erklärte festen
Tones der greise Pfarrer.

Was nun geschah, machte die Juratuši und Beisitzer trotz
der heißen
Temperatur frösteln: der hochmütige Oberstuhlrichter bat
mit gefalteten
Händen den Dorfpfarrer um die Unterzeichnung des
Protokolltextes....

Wieder flatterte das Silberhaar.

Der Oberrichter schlug einen anderen Ton an, sprach jedoch
nicht deutlich aus, was beabsichtigt sei und geschehen
werde. Dem Sinn nach war es die Drohung, daß der Bauern
alte und neue Rechte „begraben" würden, und daß der
Župnik von Krašić dafür die Verantwortung zu tragen
haben werde.

Der alte Pfarrer richtete einen langen forschenden Blick auf
den Oberrichter und ging müde, wie gebrochen, von der
Linde weg. Niemand wußte, ob der Priester den Sinn der
Drohung verstanden hatte oder nicht verstehen wollte.

Zur Nächtigung begaben sich die Gerichtsherren in das
benachbarte Dorf
Jaska, wo der Stuhlrichter Žaba für Quartier und Verlegung
sorgte.

Krašić blieb unter Bewachung seitens des Militärs mit
scharfem
Nachtdienst.

Am Vormittag kehrten die Gerichtsherren in das
unglückliche Dorf zurück. Tisch und Bänke wurden hart an
der Kirche aufgestellt; jedoch wurde nichts mehr

geschrieben. Der Oberrichter sprach mit den herbeigeeilten Offizieren, von denen dann ein Leutnant mit einem Juratuš ins Dorf hineinschritt.

Ein Stündchen später kam dieser Offizier mit dem Juratuš und fünfzig Soldaten, die Äxte und Beile trugen, zurück, und alle nahmen Aufstellung unter der tausendjährigen heiligen Linde.

Der Platz ringsum blieb menschenleer. Die Dörfler wurden vom Militär gewaltsam in den Häusern und Hütten festgehalten.

Ein Wink des Oberrichters. Ein militärischer Kommandoruf ertönte. Gleich darauf geschah etwas Unerhörtes nach südslavischen Begriffen: die uralte Linde wurde mit Axtschlägen mißhandelt.

Knatternde Beilhiebe gegen den Stamm der heiligen Linde. Dumpf,
dröhnend, knatternd, prasselnd. Ein fast kindisches Tun am riesenhaften
Baum; die schärfsten Eisen konnten die Rinde ritzen; nicht aber den
Splint angreifen. Kaum kleine Splitter sprangen ab vom Stamm.

Zurufe des Oberrichters, dem die Vernichtungsarbeit zu langsam vor sich ging, reizten auf, erzwangen den kräftigeren Angriff.

Die Schneide einer Axt wurde schräg angesetzt; mit wuchtigen Hieben trieben die Soldaten die Rücken anderer Beile tiefer in den Splint; ein Dutzend Hände drängte den Axtstiel seitlich, so daß der Axtkopf klaffend Bresche riß, ein Stück Splint mit Rinde absprang. Unzählige Male wurde

156

dieses mühsame Tun wiederholt, doch blieb der Erfolg gering bei dem ungeheuren Umfang dieses riesenhaften Baumes; so gering, daß beim Scheine mehrerer Lagerfeuer die Nacht hindurch an dem Vernichtungswerk gearbeitet wurde.

Bis spät in die Nacht hinein vertrieben sich die Richter, die Juratuši und die Offiziere die Zeit mit Kartenspiel und fleißigem Zechen, den — Sturz der heiligen Linde erwartend, dessen Zeugen die gewaltigen Herren sein wollten.

Den greisen Pfarrer konnte man händeringend am Fenster sehen....

Im Dorfe wußte man von der Zerstörungsarbeit nichts. Niemand durfte das
Haus verlassen. Das Militär hielt scharfe Wacht....

Gegen Morgengrauen weckten dumpfes Getöse und ein markdurchdringender
Schrei die Gerichtsherren am Zechtisch aus dem Schlummer: die riesige
Linde war krachend niedergestürzt, ihr Stamm hatte im Sturz einen
Soldaten erwischt und zermalmt. Gefällt und vernichtet das Heiligtum,
das Wahrzeichen altslavischen Glaubens und Rechtes, die Linde als
Versammlungsstätte und Symbol....

Wie ein rachegieriges Ungeheuer lag der Baumstamm auf der Leiche des zermalmten Soldaten. Alle Versuche, dieses Opfer frei zu bekommen, schlugen fehl.

Die Südslaven unter den bestürzten Soldaten jammerten, murrten, daß der von der Linde erschlagene Kamerad des

Grabes in geweihter Erde auf lange Zeit entbehren müsse.

Den Offizieren wurde unbehaglich.

Der ob der Lindenvernichtung triumphierende Oberrichter
wischte sich den
Schlaf aus den weintrüben Augen und empfahl die
Abtrennung der Beine vom
Leichnam des zermalmten Soldaten. Die Beine sollte man im
Friedhof
begraben, dann können Leib und Kopf leichter — warten.

Mit schallendem Gelächter begrüßten die Juratuši diesen
„Witz" ihres obersten Vorgesetzten.

Ein Frühstück noch, das der Widum liefern mußte; dann
fuhr die Gerichtskommission eilig von Krašić weg. Bis zur
Mittagsstunde war auch die militärische Besatzung
abmarschiert, so still, daß die Dörfler nur mählich ihre
Befreiung merkten.

Als die der Linde benachbarten Hausbewohner das
Zerstörungswerk gewahrten, verbreiteten sie heulend die
Kunde im Dorf, so daß zum Abend die Bevölkerung
weinend den heiligen Baum umstand, klagend in tiefster
Trauer, wie um einen geliebten hervorragend edlen
Menschen.... Kein Dörfler nahm auch nur ein Zweiglein
von der Linde zum Gedenken heim. Der Baum blieb
unberührt.

Still und wehmütig kehrten die Leute in ihre Häuser
zurück.

So groß und niederschmetternd war der Eindruck der
Vernichtung des
Dorfheiligtums, daß Empörung und Rachegier nicht
aufkommen konnten.

Mächtiger war der Schmerz....

Unter Leitung des stellvertretenden Starešina fand am
Morgen eine Trauerversammlung unweit der gefällten Linde
statt, und ruhig verhielten sich die Männer, solange der
Vorsteher in Wehmut von der Vernichtung des
Wahrzeichens sprach und die Leute von Krašić aufforderte,
keinen Finger zur Fortschaffung des Baumes zu rühren. Es
solle der Lindenbaum ein Zeuge des Unglückes von Krašić
bleiben....

Die Köpfe der Männer gingen hoch, als der Starešina der
Hoffnung Ausdruck gab, daß aus den Wurzeln der alten
Linde ein neuer Baum, mit ihm die Gerechtigkeit ersprießen
möge, das neue Recht zugunsten der gepeinigten Bauern.

Eine siebenköpfige Abordnung wurde gewählt, die zu Fuß
nach Agram zog, den Banus um Gerechtigkeit und
Bestrafung der Mörder von siebenundzwanzig Krašićern
und der heiligen Linde zu bitten.

Unverrichteter Dinge kehrte die Abordnung zurück. Der
Ban hatte die Leute nicht empfangen ihnen sagen lassen,
daß eine strenge Untersuchung stattfinden werde.

Drei Monate warteten die Krašićer auf die „Gerechtigkeits"-
Kommission — vergeblich. Es kam kein „Herr" von
Karlstadt, niemand von Agram. Bauern von weither in
Massen, die entblößten Hauptes vor der gemordeten Linde
standen und beteten.

Jahre hindurch blieb der vermodernde Riesenstamm
unberührt als Zeuge jenes bitteren Ereignisses liegen. Die
Krašićer rührten keinen Finger. Die Behörden erst recht
nicht.

Tatsächlich sproß aus der Leiche der alten heiligen Linde ein neues Bäumchen hervor, das eine neue Zeit und mit ihr eine Regelung der Abgabenpflichten und der Rechte der Bauern brachte. Und als der Moder der alten Linde zerfallen, vom Meteorwasser verschwemmt, von den Winden verweht war, das Jungbäumchen erstarkte, erlosch der grimme Haß des kroatischen Bauers gegen jeden „Herrn", das heißt gegen jeden Menschen, der nicht ständig Bauernkleidung trug.

Das ist die Geschichte der tausendjährigen Linde.

www.ingramcontent.com/pod-product-compliance
Lightning Source LLC
Chambersburg PA
CBHW020233030726
47497CB00009B/3078